dele

刪除

```
Sub deleleCodes(theModule As VBComponent)
  With theModule.CodeModule
    .DeleteLines 1, .CountOfLines
  End With
```

3

本多孝好

TAKAYOSHI HONDA

目錄

// Remove unreachable code

// After
private void Method()

Return Journey 回歸之旅 003

Stand Alone 孤立 161

Return Journey

回歸之旅

```
// After
private void Method()
{
    throw new Exception(nameof(Method));
```

1

抬起捆成一疊的過期雜誌時，注意到地上掉了一張照片。真柴祐太郎蹲下身來，拾起那張照片。照片很舊了，整個褪色。入鏡的是一輛紅色轎跑車，和站在車前的一家四口。戴著淚滴狀鏡片墨鏡的父親、穿印花洋裝的母親、母親懷裡的小嬰兒、倚在父親腿上站立的年約五歲的小女孩。如果戴墨鏡的父親是這個房間的主人，那麼烙印在照片上的情景，就是超過四十年前以上的某一瞬間了。

祐太郎起身，抬頭張望。公寓房間狹小，住不了兩個人。房客是一個人搬過來獨居，一個人死去。和伴侶是生離還是死別？兩個孩子現在在哪裡？

已大致清理完畢的房間不可能有答案，祐太郎將照片揣進牛仔褲後口袋。正當他準備繼續清掃房間時，有人出聲：

「小哥。」

祐太郎轉向聲音的方向。不知道什麼時候來的，公寓房東站在敞開的房門處。是個六十開外、鼻孔醒目的大塊頭男子。著手工作前已經先打過招呼了。

「那東西要幹什麼？」

房東問，點燃叼在嘴上的菸。

「咦，什麼？」祐太郎反問。

「照片。我看到你收進口袋了。」

「喔，照片。不可以嗎？」

「也不是不行，只是毛毛的，所以問一下。你拿那東西要做什麼？」

「帶回去收起來。」

「收起來做什麼？」

「也沒做什麼，就收起來。啊，或許有時候會拿出來看吧。我家有專門放這種東西的盒子。」

「這種東西？」

「工作的時候撿到的這類照片、明信片、信件，還有舊日記本，有時候是成績單或媽媽手冊。」

「你把這些東西收在盒子裡？」

「對。」

「有時候拿出來看？」

「沒錯。」

房東抽著菸，彷彿看到什麼怪東西似地看著祐太郎，很快地露出目瞪口呆的表情，從大鼻孔裡噴出濃濃的煙霧來。

「小哥，你還年輕，還有更多別的事情可以做吧？」

「喔，別的事情，比方說什麼事？」

「我哪知道啊？像是衝浪、騎機車那些。要不然就是去聯誼、買女人。」

「呃……這是在說什麼？」

「在說該怎麼運用時間、該把熱情用在哪裡。」

「時間和熱情，喔，這樣啊。」

「是我年紀大了嗎？還是最近的年輕人都像你這樣？」

「呃，這個嘛，我也不太清楚欸。」

「怎麼可能不清楚？」

房東牢騷地喃喃道，從口袋取出隨身菸灰缸，撳熄了菸蒂。房東說完了嗎？可以繼續清掃了嗎？祐太郎正在猶豫，古館現身門口，向房東攀談：

「大概都弄好了呢。我要先走一步，這是請款單。」

祐太郎在古館底下工作，已經過了三個月左右。古館把小電器行的老家店面在他這一代改裝成資源回收店，聽說三年前因緣際會，也開始做起遺物整理。古館即將邁入五十，眼稍飛揚的雙眼距離很近，長相顯得頗為陰險，但實際上性格爽快不囉唆，對祐太郎來說是個不錯的老闆。

房東看到古館遞過去的單子，驚呼：

「太貴了吧～喂！家具那些說是清運，可是能賣的東西你們都會拿去賣吧？不能再便宜點嗎？」

「這裡幾乎沒有能賣的東西，就算有，也不值幾個錢。換算整理陳列的工夫和花費，還要倒貼哩。如果你覺得我們在漫天喊價，那也沒關係，東西全部留在這裡。」

房東板起臉來：

「丟在這裡就麻煩了。好啦，我付錢就是。真是，這年頭啊，好心只會自找麻煩。」

「好心？」

「老人就算有點錢，也租不到房子啦。更別說一個人獨居，連保證人也沒有，上哪都找不到房子住。我覺得這樣太可憐了，所以就算是這類老人家，也照樣租給他們。」

「對，我知道，用比一般房租行情高出許多的價碼。」古館笑道。

「這有什麼不對嗎？你看看，就會遇上這種事不是嗎？哪能用正常價碼出租嘛。」

房東甩了甩收下的請款單。

「沒什麼不對啊。託您的福，咱們也才能三不五時有案子接嘛。」

「就是說吧？」

「所以彼此笑一笑，說很好賺就好啦。硬要搬出好心助人那一套，就會搞得好像在做壞事一樣。」

古館說，拍了拍房東的肩膀，回頭看祐太郎：

「小貨車我留下來，後面就交給你了。分類之後，今天就可以下班了。」

「是～」

祐太郎接下古館拋過來的車鑰匙，繼續作業。但也沒剩多少工作了。把房間裡剩下的成疊雜誌和裝了舊衣的紙箱搬上小貨車，拿掃帚畚箕掃完地板後，七十七歲孤獨地死去的房客痕跡便徹底從房間裡消失了。剛進房間時隱約嗅到的氣味，也已經被除臭劑強烈的氣味取而代之。除了現在後褲袋裡的照片以外，死者與這個世界的還剩下多少連結？祐太郎環顧陽光消失的陰暗公寓房間，想著這些。

請房東驗收後，祐太郎一個人開著小卡車回到中野的公司。把貨台上的東西分類成廢棄物和回收物，搭電車回到根津的自家，這時已經七點多了。

拿出信箱的廣告郵件，打開玄關門。小玉先生迫不及待地從屋裡跑過來。小玉先生本來是祖母養的貓，祖母死後由祐太郎照顧。祖母留下來的財產大致上有兩樣，就是這棟屋子和小玉先生。祐太郎一直如此認為。回來的地方，以及回來的理由。若是少了任何一樣，自己的生活應該會截然不同吧。

「我回來了。」

祐太郎抱起小玉先生，進入屋內。小玉先生年事已高，但也許是因為祐太郎鍥而不捨地餵牠高級貓飼料的關係，小玉先生看起來比祖母飼養的時候更要年輕。毛皮變得光滑，也好像胖了一圈。

進屋以後，把小玉先生和背包放到榻榻米上，將牛仔褲後口袋的照片收進架上的盒子裡。以前這個架子放的是「工作候補盒」。當時祐太郎是「幫人跑腿的自由工作者」，在不同的時期，受雇從事各種工作，盒子裡就存放著透過這些工作認識的人給他的名片或便條。那些人即使沒有惡意，但說著「如果你缺錢的話」、「有空的話」而遞給他的這些連絡資料，提供的幾乎都是通往灰色地帶的差事。以前祐太郎在其中一張名片的引導下，踏進了宛如異界的地下事務所。現在那個盒子已經不見了。取而代之，換上了另一只更大的盒子，裝著替人整理遺物時注意到而帶回來的東西。從事這一行三個多月，盒子已經快滿了。該準備另一個盒子嗎？還是應該把裡面的東西全面整理一番？祐太郎尋思著，正在廚房洗手，小玉先生來到腳邊仰望他。

「那樣看我也沒用。」

祐太郎一邊擦手一邊說，折回背包處，從裡面取出塑膠袋。裡面裝著回程路上買的貓飼料。

「一樣的飯。」

小玉先生把鼻子湊近遞過去的貓飼料包裝，頓時興趣缺缺地轉身就走。

「什麼態度，這很貴的耶。」

小玉先生頭也不回。

「馬上就開飯了。」

祐太郎對著遠離的小玉先生的尾巴說，開始準備晚飯。從冰箱取出材料，備料完畢時，手機收到藤倉遙那的訊息。遙那是真柴家以前老家的鄰居，是祐太郎的妹妹鈴的同學。後來鈴過世，真柴家的成員各分東西，祐太郎搬到祖母家住，但與遙那依然維持兒時玩伴的往來。遙那現在是護士，有時候會跑來家裡陪小玉先生玩，催祐太郎煮飯給她吃，漫無邊際地閒聊天後再回家。

『你在做什麼？』

祐太郎停下煮飯的手，回覆訊息：

『煮晚餐。妳呢？』

『晚班休息時間。菜色有什麼？』

『豬肉炒青菜。別名清冰箱。怎麼了？』

『今天白天我去你家，跟小玉先生一起睡午覺，結果有客人來。』

祐太郎把家裡的鑰匙也給了遙那一份，請她在自己有事時幫忙照顧小玉先生。

『客人？誰？』

『大概三十五歲，很高，很漂亮，香香的。我才想問你她是誰哩。』

祐太郎完全沒頭緒。

『妳沒問她名字？』

『她很急，我又睡到一半被吵醒。她說不在就算了，下次再來。』

祐太郎傳了一休小和尚歪頭的貼圖過去，遙那便傳了抱頭苦思的將軍貼圖回來。

『反正跟你說一聲。』

遙那的訊息就此打住。

祐太郎迅速完成味噌口味的豬肉炒青菜。和白飯一起端到小矮桌，也在小玉先生的餐碗裡倒進乾糧。小玉先生叫了也遲遲不來，祐太郎開動以後，才一副心不甘情不願的態度現身，「卡滋卡滋」地啃起乾糧來。

「有香香的美女來過喔？」

小玉先生頭也不抬地吃牠的乾糧。

「會是誰呢？」

祐太郎問著，但小玉先生依然不理會。因為有點悶，祐太郎起身想要開個廣播聽聽，這時傳來玄關門打開的聲音。

「有人在嗎？」

熟悉的聲音，讓祐太郎驚訝地前往玄關，看到久違不見的臉孔。高個子、美女、宜人的香味。

「原來如此。」祐太郎點點頭。

對方露出詢問的神情。

「喔，沒事。」祐太郎笑道，行了個禮。「好久不見了，舞小姐。」

坂上舞。最後一次見面是去年年底。已經四個月以上沒見了。祐太郎這才想到他沒有正式向舞道別。舞穿著淺灰色的長褲套裝。看她領子上的徽章，應該還在當律師。以前他聽舞說過，她並非隨時別著律師徽章，那麼她是剛從法院回來嗎？舞的日常與他所知道的那時候一樣。得知這一點，祐太郎稍微鬆了一口氣。

「我剛才聽說妳白天來過。」

祐太郎微笑，舞低下眼皮：

「不好意思突然上門。」

「不會啦，請進。」

祐太郎想要先回去收拾矮桌上的碗盤，才剛轉身，舞便出聲制止：

「不用了。」

那堅硬的語氣讓祐太郎詫異地回頭。

「在這裡說就好。」

舞表情僵硬地回看祐太郎，視線一瞬間投向祐太郎的身後，看起來像是在意屋內的人。祐太郎將之解釋為客氣，說：

「屋子裡只有貓，牠叫玉三郎，我幫妳介紹。」

「不用了，下次好了。」

舞應道，垂下頭去。

「難得妳都來了，進來坐一下嘛。啊，要不然一起吃晚飯怎麼樣？雖然也沒什麼好招待的，我做了豬肉炒青菜，其實是把冰箱裡的東西炒一炒而已，我自己是覺得味道還不錯……」

低下頭的舞就這樣深深一鞠躬。

「咦？這是……」

舞就這樣彎腰低頭，對著自己的腳下說：

「我從舍弟那裡聽說了。家父對您的家人們做了什麼、我弟知道以後，又做了什麼……我清楚這不是道歉就可以了事的。可是……」

舞語塞了一下，接著擠出聲音說：

「我真的非常抱歉。如果有什麼我能彌補的地方，請您……」

「那是，」祐太郎厲聲打斷了舞。「那已經是過去的事了。早就過去了。」聲音不由自主地硬化了。對祐太郎來說，那是已經結束的事。即使內心已經對這件事做了整理，但過去的事不可能改變，現況也無從改變。他不想要任何人觸碰這件事。

舞沒有抬頭。站在祐太郎的立場，他也只能說事情已經過去了。祐太郎束手無策，只得當場盤坐下來。從底下往上窺看，只見舞神情痛苦扭曲。祐太郎留意避免變得過度沉重，對舞說道：

「對我是已經過去的事了。已經結束了。就算要我重翻舊帳，我也很為難。」

「就沒有任何我能夠做的事嗎？」

「有一件事。」

舞抬起頭來：

「請儘管說。」

「拜託不要那樣畢恭畢敬地說話好嗎？我都不知道該怎麼辦才好了。可以的話，像以前那樣跟我說話就好了。」

祐太郎咧嘴一笑。

表情痛苦的舞用力閉上眼睛，接著慢慢地張開來，笨拙地回笑。

「謝謝你，祐太郎。」

強顏歡笑的模樣，比痛苦的表情更要生疏。

「請進吧。」

祐太郎站起來說。

「今天真的不好意思，改天有機會吧。」

祐太郎不認為舞只是來道歉的。事情的始末，去年年底媒體就已經揭露了。如果是在當時也就罷了，他不懂都過了四個多月才來道歉有何意義。四個月前沒有上門、以及今天上門，應該都有理由才對。但舞似乎真的打算說完這些就要回去，伸手搭住了門。祐太郎想起遙那的訊息說「對方很急」。也許白天來的時候，舞也像這樣逃之夭夭地離去。

「舞小姐，妳本來有什麼事？」

舞回頭，目光游移。

「圭沒有過來這裡吧？」

她努力若無其事地問。

圭。聽到這個名字，各種場面在祐太郎的腦海中浮現。只是一個名字，居然能與這麼多的事相連在一起，這件事連祐太郎自己都嚇到了。

「看來他沒有來。」

祐太郎啞然失聲的時候，舞已經開了門。

「抱歉這麼晚來打擾。」

「圭怎麼了？」

舞準備離開。祐太郎情急之下走下脫鞋處，抓住舞的手。

舞回頭，欲言又止，頭低了一下，視線隨即回到祐太郎身上。

「沒事。只是一時連絡不上，猜想他是不是來你這裡了。」

「一時是多久？」

「沒事的。他都老大不小了，只是離家一陣子就大驚小怪，未免好笑。我只是有點擔心，順道過來看看而已。而且我也想要正式向你道個歉。」

祐太郎也知道舞不是那種會因為「老大不小的弟弟離家一陣子」就驚慌失措的姊姊。舞會方寸大亂，肯定有什麼值得她方寸大亂的理由。

「圭出了什麼事嗎？」

舞不可能是一時興起過來這裡。至於對祐太郎的道歉，應該是一直被圭司制止。圭司認為還不到他們姊弟可以去提這件事的時期。但圭司本人卻不見了。舞找遍了所有該找的地方，卻毫無線索，才抱著一絲希望來訪這裡。

祐太郎屏息注視著舞，舞安撫地微笑。但是在得到答案以前，祐太郎不準備放開她。

「舞小姐，請告訴我。」

祐太郎的決心似乎傳達給舞了。

「好吧。謝謝你。」

舞頷首似地再次行禮，說：

「你可以跟我來嗎？」

祐太郎從沒想過他會是以這樣的形式再次造訪「dele. LIFE」事務所。如果有機會再來，辦公桌的對面應該坐著這裡的主人才對。混凝土外露的牆壁、高聳的書架、地上的籃球、角落的沙發、沒有椅子的辦公桌。失去主人的事務所，只是一片空蕩蕩的蕭索空間。

「我是四天前發現他不見的。」

舞站在事務所中央說。短短二十分鐘，舞的車子就把祐太郎從住家載到了事務所進駐的大樓前。這四個月之間，他一直覺得這裡遠在天邊，然而實際移動，距離近得讓人驚奇。

「以前他也曾經一聲不吭地忽然消失，但從來不會完全連絡不上人。只要我傳訊息或電郵過去，他都一定會回覆。」

祐太郎走到沙發那裡。事務所沒有祐太郎的辦公桌，那張沙發是他以前的老位置。他遲疑了一下，坐了下來。

「我——」

他本來想說「辭掉這裡」，改口道：

「不再過來以後，圭都在做什麼？」

「一如往常，削除別人委託的資料。」

「那，工作都和以前一樣？」

「表面上。不過我猜他應該打算結束掉現在手上的案子，然後就把事務所關了。雖然他什麼都沒跟我說。」

「這樣啊。」

「他好像也在做些工作以外的事，但我不知道具體上在做什麼。我任意推測應該是在模索新的事業。」

「已經報警了嗎？」

舞搖搖頭：

「報警連慰藉都算不上。反正警方不可能積極搜索。」

「可是萬一在外頭遇到意外事故之類的，馬上就能得到通知吧？不必擔心這種可能性嗎？」

舞沒有回答這個問題，走向辦公桌。祐太郎也從沙發站起來，走到辦公桌前。辦公桌上有三台相連的螢幕，旁邊擺著筆電土撥鼠。舞伸手拿的是另一台筆電。比土撥鼠小一號，祐太郎以前在這裡的時候沒有這部電腦。

舞打開那台筆電的螢幕，轉向祐太郎。螢幕上顯示要求四位數密碼的畫面。

看到舞詢問的視線，祐太郎搖搖頭。

「我不知道密碼。我在的時候沒有這台筆電。」

「我也是第一次看到。圭消失之前沒有這台電腦。」

「意思是圭留下這台筆電消失了？」

「對。我認為不是意外事故，圭是出於自己的意志離開這裡的。」

「呃，這是指……」

「圭為了某些目的，去了某些地方。但他也有可能因故回不來。為了預防那種狀況，他留下了這台電腦。如果是這樣的話，這當中或許留下了某些訊息。我是這麼解讀的。」

舞纖細的指頭指著螢幕上的一點。畫面右角有個小小的「1」。

「一開始是『3』。我輸入圭的生日，結果錯了，數字變成『2』。接著我輸入我的生日，也錯了，數字變成『1』了。」

「如果再錯一次，就會變成『0』是嗎？變成『0』會怎樣？」

「不知道，不過應該不會是什麼好事。」

「如果是圭設的機關，什麼都有可能呢。搞不好會『咻』地冒出黑煙，甚至有可能爆炸呢。」

祐太郎搞笑地誇張說，舞笑了。

「圭的話，確實有可能。或許會以震耳欲聾的音量播出北海道民謠，也有可能畫面出現驚奇盒，跳出吐舌頭的毛蟲之類的東西。」

「表示『猜錯了』？」

「對對對。」

祐太郎也笑了，和舞對望。他有了總算和舞重逢的感覺。

「不管怎麼樣，裡面的資料都會消失。」舞收起了笑容說。

「就是說呢。」

舞闔上筆電。

「我想把它交給你。」

「咦？」

「你想想看密碼是什麼，試最後一次。就算失敗了也無所謂。」

「不，這實在……」

「我能想到的頂多就只有你的生日了，其他實在完全沒個底。我正在考慮是不是要輸入你的生日。如果你想了一整晚，依然毫無頭緒的話，就輸入你的生日吧。反正就算你不輸入，我也會輸入。所以你完全沒有責任。如果你想到比你的生日更有可能的數字，就輸入吧，即使失敗了，你更是沒有責任。因為起碼你做了比我更有可能成功的嘗試。」

舞把筆電遞給祐太郎。

「如果你失敗了，我就去報案。就算掰出他有可能自殺的理由，也會叫警方協尋。而且我在警界也不是完全沒門路。」

圭司消失，留下這台筆電。這兩者應該要多嚴肅地去看待，祐太郎甚至無法拿捏。舞應該也是一樣的。不過，舞感到一股難以言喻的不安，選擇了他做為分擔這股不安的對象。祐太郎如此解釋。

「好的，我會想想看。」

祐太郎接下那台筆電。

隔天早上，祐太郎打電話向古館告假，將收下的筆電裝進背包裡，離開家門。

昨晚他左思右想，漸漸地覺得除了查出密碼以外，還有別的方法可以看到裡面的資料。本來的話，他一定會想要找圭司商量，但如果圭司本人不在，他只知道一個人可以討論。

祐太郎轉乘電車，前往那個人的住處。但對方不在那裡。更正確地說，他要拜訪的地點已經拆除了，形跡不留。

「這下頭大了。」祐太郎喃喃。

他要找的地方夷為平地，被柵欄圍起。走近一看，掛起了「建築計畫公告」的看板，似乎要興建新的公寓。除了建築物的概要之外，也寫上了案主、設計人和施工者的住址姓名。根據上面的資料，案主是住在附近的「春宮淳子」。祐太郎用手機拍下看板，前往上面寫的住址。徒步約十五分鐘路程的那裡是一棟占地極寬闊的人家，在這一帶難得一見。以石牆圍繞的屋子旁邊是「春宮公寓」，再隔壁是「春宮華廈」。感覺在附近找找，可能還會有「春宮別墅」、「春宮美宅」之類的地方。

按下門鈴，女人的聲音應答。從大門經過長長的通道來到屋前，在玄關應門的是一名粉底極厚、年約五十五歲的婦人，懷裡抱著一隻彷彿笑個不停的吉娃娃。祐太郎稱讚吉娃娃的長相、毛皮和色澤之後，向婦人打聽拆除後的「春宮莊」的居民去向。

「喔，他們搬去哪裡是嗎？對，知道啊。要進來坐嗎？」

「不用麻煩，這裡說就可以了。您們還有往來嗎？」

被祐太郎一問，婦人的表情整個皺成一團，讓人擔心臉上的粉底會不會龜裂灑落。

「我多想快點跟她們撇清關係啊！是沒聽過好聚好散這成語嗎？到現在還死纏爛打的，真教人討厭。」

吉娃娃舔了舔婦人的嘴巴，像在安慰飼主。

「死纏爛打，是指要錢嗎？」

婦人熱烈地回應吉娃娃的親吻，用力點頭：

「母親也就罷了，是女兒啦。三天兩頭就來煩人，沒完沒了。」

「我也知道她臉皮有多厚。」祐太郎配合說。「不知羞恥，簡直無賴，我也被她整得超慘的。」

因為不全是謊言，所以似乎頗有說服力。

「這樣嗎？你也真是倒楣。」婦人再次深深點頭，好奇萬分地把臉湊了過來。「她對你做了什麼？真的啦，要不要進來坐一下？」

吉娃娃探出身體，舔了距離拉近的祐太郎的下巴。

「謝謝。不過今天我還有急事要辦……」

「你找她是為了報仇什麼的嗎？」

語氣聽起來像是在期待這種情節。

「這個嘛，嗯，要看她怎麼回應吧。」

聽到祐太郎語帶玄機的話，婦人露出沒品的笑容：

「下手可別太重啊。是我告訴你住址的，這一點……」

她用食指抵住了嘴唇。

「我明白，我會守口如瓶。」

「有結果的話，可以跟我報告一聲嗎？」

「當然了。」

祐太郎請她在便條紙寫下住址，前往那裡。是電車兩站之外的公寓。雖然老舊，但與之前的住處相比，可以說是升了一級。走上鐵製階梯，經過走廊，最深處的一戶門旁貼了一張紙「堂本」。祐太郎這才得知對方姓氏「Domoto」的漢字原來是「堂本」。他按下門旁的門鈴。

『來了。』

語氣臭到與其說是應門，更像是逐客，祐太郎忍不住笑了。今年春天她應該升國三了。但平日上午卻待在家裡，應該還是一樣沒去上學吧。

祐太郎就這樣等著，室內傳來人活動的聲音。

『誰？』

聲音從門板另一側傳來。

「啊，我是真柴。真柴祐太郎。呃，或許妳已經忘記了，半年前……」

門打開了。手抓在門把上，隔著銀框眼鏡，堂本南狐疑地仰望著祐太郎。她穿著鼠灰色的長袖T恤，配上綠色運動長褲。是居家服、睡衣還是便服？讓人摸不著頭腦的裝扮。

「啊，早。」

祐太郎盡可能爽朗地說。

約半年前，「dele. LIFE」的客戶之一波多野愛莉過世了。身為公寓鄰居，同時也是愛莉的朋友的南為了阻止委託，在圭司的電腦設置了破解程式。當然兩三下就被圭司抓包，最後如同愛莉所希望的，資料被刪除，但圭司說當時使用的惡意軟體，是南自創的。而且當時南是免費偷用別人家的Ｗｉ－Ｆｉ，她在電腦方面的知識應該相當豐富。

祐太郎往前一步，按住打開的門。踩在脫鞋處拖鞋上的南放開了門把。

「那個，我……」

「我記得。」

「啊，嗯。突然跑來，妳可能會覺得困……」

「你都已經來了，客套話就免了。」

「啊，那個，這邊的地址是……」

「你去公寓找我，發現已經拆了，所以去找房東，打聽那個直到最後都不肯搬走的釘子戶跑去哪了。對小鮮肉沒有招架之力的歐巴桑一下子就出賣了房客的個人資料。」

「沒……」

「你來做什麼？」

「啊……就是，妳可以出來一下嗎？事情有點複雜，而且……」

祐太郎才說到一半，南已經轉身消失在垂至地板的布簾另一頭了。

「那個，其實我有事相求，可以聽……」

祐太郎對著布簾對面招呼，南的聲音蓋過去似地說：

「進來吧。既然你都找上門了。」

祐太郎不好意思進入只有女生一個人在家的住處，但覺得特地告訴根本不在乎的對方自己的疑慮，只會搞得氣氛尷尬。

「啊，好。謝謝。」

祐太郎脫了鞋子，分開長長的布簾。堂本母女的新住處比以前寬敞了些，也整潔了些。至少壁紙沒有脫落，天花板上也有燈具。採光良好，也不陰暗潮溼。

「這裡很不錯耶。」祐太郎說。

南沒有理會這句話，坐到椅子上，用眼神要祐太郎在對面坐下來。是和以前的住處一樣的餐桌椅。看來不用奢望茶水招待。祐太郎沒自信能和南閒話家常，在對面坐下來後，便開門見山進入正題。

「我正在找人。他叫坂上圭司，就是妳之前來事務所……」

南點點頭：

「我知道，土撥鼠叔叔對吧？」

「咦？土撥……」

「就是寫土撥鼠程式的叔叔對吧？」

「啊……是這樣沒錯，可是土撥鼠叔……」

「難道叫爬蟲叔叔比較好嗎？」

「啊，咦？爬蟲？什麼爬蟲？」

南一臉不耐煩，因此祐太郎揮揮手收回問題。

「要說的話，我比較在意『叔叔』那個部分……」

「喔，抱歉。下意識就這樣叫了。」南輕輕行禮。「既然你在找他，表示土撥鼠先生先蹤了是嗎？」

「土撥鼠先生。」祐太郎覆誦了一下。「啊，嗯，對，四天前不見了。我來這裡，是想請妳幫我一下。」

難得把句子說完了。南掂量地看著祐太郎。

「你以為我欠你什麼人情嗎？」

那聲音帶著先前沒有的緊張感。萬一答個不好，感覺會輕易轉變為敵意。

「不是，什麼人情，我沒有這樣想。」祐太郎慌忙說。「只是我找不到可以幫忙的人。」

說到這裡，祐太郎沉思起來。

「幹嘛？」

南詭異地看著突然沉默下去的祐太郎問。

「啊，沒有，只是覺得妳說的沒錯。我怎麼會想到要來找妳呢？」

「現在才在想？」

「一方面是因為沒有比妳更熟悉電腦的人，不過對耶，我居然理所當然地指望妳幫忙。之前圭很開心地談到妳，說到妳寫的程式，是因為這樣嗎？」

祐太郎想起那時候的事，輕笑了一下。南只是面無表情地看著他。

「我覺得妳們都是寫程式的，或許有什麼共通的地方。在執行委託的時候，雖然被妳攪局了一下，但圭從來沒有批評過妳。而且也是圭叫我把手機拿給妳的。」

那是波多野愛莉的手機。雖然依照委託，把裡面的資料全部刪除了，但外殼貼著愛莉和南的大頭貼合照。祐太郎在圭的建議下，把那支手機送去給南。

「愛莉的手機嗎？這樣啊。」

就祐太郎來說，他只是說著說著，想起了和圭的回憶，所以愈說愈多，但最後一句話似乎刺激了南。她的表情動搖了。

「啊。」祐太郎察覺，出聲說：「我不是拿這件事賣人情……」

「怎樣？」

「啊，咦？」

「你要我幫你什麼？」

「啊，妳願……」

「先聽完再說。」

「嗯，說的也是呢。」

祐太郎從背包取出寄存的筆電，打開電源，將螢幕轉向南。

「圭失蹤之前，留下了這台筆電。我想看裡面的東西。」

南頓時興致勃勃起來，把筆電拉了過去。她仔細端詳畫面，手伸向鍵盤，卻立刻縮了回來，一臉凝重地搔了搔臉頰。

「沒辦法呢。」

南又繼續瞪了畫面半晌後說。

「啊，沒辦法啊，這樣啊。」

南變換筆電角度，讓祐太郎也能看到螢幕。

「這不是這個OS的認證方法，應該是土撥鼠先生寫進去的原創程式。既然土撥鼠先生把它弄成這樣，應該沒辦法取出裡面的硬碟，直接讀取。只要試圖這麼做，資料一定會立刻消失。與其試著用程式解除，規規矩矩地找密碼比較好。」

「喔，找密碼。這樣啊。」

「這個數字是什麼？」

「本來是『3』。因為輸錯……」

「喔，已經失敗兩次，不能再失敗了是嗎？」

「對。」

雖然途中被強制打斷，但祐太郎還是向南大略說明了先前的經緯。

「既然他留下這台筆電，我猜裡面可能有什麼訊息，但也不確定就是這樣……」

「不。一定就是這樣。」

南斬釘截鐵地說。

「咦，是嗎？」祐太郎說。「為什麼妳這麼想？」

「土撥鼠先生甚至自己寫程式設下安全防護，卻容許失敗兩次。」

「呃……咦？」

「如果是只給自己一個人看的安全措施，不可能容許兩次錯誤。會設定成只要失敗一次，就將資料全數刪除。因為自己不可能搞錯。我想土撥鼠先生的話，一定會這麼想。就算設下保險，也只有一次機會。但既然允許失敗兩次，就應該解讀為有不同的意義。」

「喔，原來如此。」祐太郎點點頭。「那，這不是為了只給自己看的安全措……」

「想要給特定的某人看。至少他期待這樣的可能性。所以設定成只有那個人才知道的數字，並給了三次機會。我想應該是這樣。既然如此，這裡面一定有著土撥鼠先生給某人的訊息。」

南想了一下，問：

「你說已經試了兩次，該不會是輸了土撥鼠先生的生日之類的吧？」

「呃，是啊，沒錯。」

南垮下肩膀，輕嘆了一口氣。

「有夠白痴。」

似乎是不由自主的喃喃。

「不，那不是我輸入的，可是白痴也未免……」

「生日反倒是可以第一個排除的選項。只有兩次失敗機會耶。」

南輕輕點頭，就像在對自己說「沒辦法」，望向祐太郎。

「首先要找出土撥鼠先生想要讓誰看到這裡面的訊息。想得到的有誰？」

這毫無疑問可以鎖定。

「不是舞小姐就是我。」

留下這台筆電的事務所，沒有其他人會進去了。

「舞小姐是誰？」

「啊，圭的姊姊。在那間事務所樓上開律師事務所。」

「輸入生日的是那個土撥鼠姊姊嗎？」

「土撥鼠姊姊。啊，嗯，對。」

「另一組密碼試了什麼？」

「她自己的生日。」

南驚訝地看祐太郎，吐出比剛才更深的嘆息。

「那個人怎麼這麼蠢？」

目瞪口呆地喃喃之後，南用力點了一下頭，就像反而恍然大悟似的。這批評實在不能置若罔聞，祐太郎反駁說：

「她在現實的世界，為了眼前的人努力付出，所以才會拿現實中經常被拿來當成密碼的數字嘗試。妳說她蠢……」

「你的意思是，」南尖著嗓子打斷說。「她跟除了社群網站以外無處容身的我不一樣是嗎？」

祐太郎並沒有想太多，但確實在無意識當中如此暗示了。南微微頂出下巴看著祐太郎，冷冷地說：

「但我才是對的。密碼不是土撥鼠先生的生日，也不是他姊姊的生日，也不會是你的生日，絕對不是。」

「喔，也不是我的生日？絕對不是？」

南訝異地蹙起眉頭：

「難不成最後一次你打算輸入你的生日？」

「呃，也不是。」祐太郎說，含糊其詞。「如果什麼都想不到的話，這也是一個可能……」

「你聽清楚了。」南說。「密碼只有土撥鼠先生才知道。是這樣的數字。他不可能把隨便查一下就知道的某人生日當成密碼。」

南看了一眼持續要求四位數密碼的畫面後，望向祐太郎：

「必須做出決定才行。你，還是姊姊，土撥鼠先生留下訊息的對象是誰？」

照常理來想會是舞。最先發現圭失蹤的是舞。事實上直到舞上門告訴他之前，祐太郎都不知道圭司失蹤了。當然，第一個發現筆電的也是舞。祐太郎這麼說，南歪起頭來：

「但土撥鼠先生的話，應該也猜得到他姊姊會去找你吧？」

確實，圭司的話，這點事是在意料之中。

「可是……」

「我覺得應該是你。」

「為什……」

「土撥鼠姊姊想不到其他可能的數字，所以才會拿生日這種愚蠢的可能性去試，對吧？當然，前提是土撥鼠姊姊不是傻子。」

其他完全沒個底。舞自己這麼說。

「啊，嗯，是這樣沒錯。」祐太郎點點頭。

「但你想得到可能是密碼的數字。」

「咦？」

「你的臉上這麼寫著。」

自己和圭司之間具有意義的特別數字。確實，他想得到一組這樣的數字。

「可是如果那就是密碼，」祐太郎說。「表示圭會失蹤可能是我害的。不，或許也不是我害的，但是和我有關。」

「直接確定一下如何？」

「可是萬一不……」

「那就表示土撥鼠先生的失蹤與你無關。你可以慶祝。」

「可是線索……」

「是啊，或許會消失不見。那，就這樣丟著永遠不看嗎？」

「就沒有其他……」

「沒有。至少我能建議的最佳方案就是這個。把你的腦袋現在想到的數字輸進去。」

接下來不關我的事了——南把筆電推向祐太郎，就彷彿這麼說。祐太郎把筆電拉過去。他感到躊躇，但也沒有其他法子了。鍵入四個數字。他不希望這個數字就是通關密碼。那都是過去的事了。打不開固然困擾，但又不希望真的打開。祐太郎在不明白自己究竟期待哪一邊的情況下，懷著強烈的情緒按下輸入鍵。

筆電發出輕微的聲響，作業系統啟動了。

「『０８０７』是什麼數字？」南問。

「日期。」

祐太郎說。他自己也感覺得到，表情和聲音都變得僵硬起來。

「八月七日。」

祐太郎讓脖子靠在沙發背上，呆呆地看著天花板。咚、咚，籃球在地板上反彈的聲音規律地作響。他忽然感到懷念，但現在在地板上反彈的球聲，比祐太郎聽慣的聲音更要輕盈。圭司拍球的力道更強勁多了。祐太郎望向聲音傳來的方向。本來的那身衣服似乎是居家服或睡衣。南離開公寓前，換上了白線衫和貼身牛仔褲。她謹慎地瞄準畫在門板上方的圓，拋出籃球。球距離圓框還有老遠便疲軟下來，撞在門板上，發出窩囊的撞擊聲，滾回南的腳邊來。南捧起籃球，再次舉起來瞄準，這時舞開門進來了。看見南正準備朝她拋球的姿勢，舞呆了一下，但立刻露出微笑：

「妳是小南對嗎？我聽祐太郎說了。謝謝妳幫忙。」

「不會……妳好。」

南解除投球姿勢，口中含糊其詞。祐太郎第一次看到她這種反應，但舞應該將其解讀為符合年齡的少女靦腆。她沒有特別在意，走向辦公桌。

「那，裡面的是會計資料？」

「對啊。我實在看不懂，所以想請舞小姐也一起來看看。」

祐太郎還沒有從沙發起身走過去，舞已經把手伸向桌上的筆電，查看起檔案來了。

「的確，好像是公司的帳冊資料。SECPAT？這是什麼公司？」

祐太郎取出手機，亮出剛才搜尋到的「SECPAT」的公司官網畫面給舞看。

「數位安全公司。圭的專業呢。」

舞瞥了一眼，目光回到筆電上。

「可是，圭怎麼會調查這家公司的帳冊？如果是為了調查逃漏稅這些，又不像是圭會做的事。」祐太郎問。

「應該是因為要瞭解一家公司，這是最快的捷徑。錢從哪裡來、花到哪裡去？只要瞭解金流，就幾乎能掌握一家公司的全部。」

舞說著，逐一檢查電腦裡面的檔案。祐太郎這才想起眼前的舞，是連圭司都肯定「還不賴」的優秀律師。

「承包很多政府單位的業務呢。」

「是嗎？」

祐太郎也大略瀏覽過內容，卻沒看到這樣的資料。祐太郎這麼說，舞指著畫面說明：「這個國際情報官室是外務省的單位，這邊的醫療科學院是厚生勞動省，教育政策研究室是文部科學省嗎？包山包海呢。其他還有很多行政機關的名字。剛才那個再讓我看一下。」

祐太郎把依然顯示著「SECPAT」官網的手機遞過去。舞操作了一下手機，搖了搖頭：

「看不出什麼呢。」

舞拿著手機，繞過辦公桌，打開桌電的電源。作業系統啟動了。祐太郎以前在這裡的時候，圭司在土撥鼠設下嚴密的防護，除了他本人以外無法操作，但對於一般的桌電，卻連密碼都沒設。

「『SECPAT』是普通的一般企業，向政府承包了這麼多五花八門的案子。應該不是招標，而是隨意契約。」

「呃，那是什麼？」

「政府單位會和一般企業簽定隨意契約，而不是投標，有三種情形。一是金額較小的情況，二是招標了但沒有成立，最後是只有一家廠商投標。在資安方面與這麼多的行政單位簽訂數千萬圓的隨意契約，表示這家『SECPAT』擁有某些獨門技術或知識。也就是他們能做到某些其他公司做不到的事。」

「喔，這樣，原來如此。」

「儘管如此，」舞說，向祐太郎出示手機畫面。「公司官網卻沒有拿這一點做宣傳，只是空泛地介紹是資安公司，而且也沒提到公司和這麼多的政府單位簽約合作。對於以資安技術為賣點的企業來說，再也沒有比和政府合作的實績更能取得信用的方法了。然而卻沒有揭示這一點，到底是怎麼一回事？」

最後宛如自言自語地喃喃後，舞彎身開始操作桌電的鍵盤。祐太郎拿著自己的手機，重新研究那家公司的官網。確實，官網平凡無奇，看不出是與眾多行政機關簽訂高額契約的厲害公司。點選公司介紹的頁面，社長是「樋口健也」。

「這個樋口健也……」

「我也正在查這個人。」舞說，輕聲埋怨。「有夠難用的，這裡沒有椅子嗎？」

圭司坐輪椅，他使用的辦公桌並沒有準備其他辦公椅。

「我來好嗎？」

原本一直在稍遠處保持沉默的南開口說。

「我比較矮，打字比較輕鬆，而且應該可以查得比大姊姊更快。」

「大姊姊。」舞說，不由自主地露出微笑。「叫我舞就好了。好，那就麻煩妳了。」

南丟開籃球，快步繞過辦公桌。她把手伸向鍵盤，望向祐太郎：

「Higuchi Kenya。漢字怎麼寫？」

祐太郎出示手機畫面。南的指頭迅速彈動。不久後，她輕輕地「嗯？」了一聲。

「怎麼了？」祐太郎問。

「『SECPAT』、資訊安全、IT產業。這些相關關鍵字找不到這個人的名字。明明是IT企業的社長，這太奇怪了。」

南說著，指頭仍動個不停。十隻指頭很快就停下來了。

「這個嗎？五年前好像在財務綜合政策研究所，是主任研究員。『東亞總體經濟環境』這個工作坊的出席者裡面有跟他同名的人。雖然也有可能是同名同姓的不同人。網路上找得到的關於『樋口健也』的可靠資料，這是最新的一筆。」

等於是後來「樋口健也」這個名字再也沒有出現在網路上，就當上了資安公司的社長。雖然不是不可能，但相當不自然。

「財務綜研啊……」舞喃喃道。

「那是什麼？」祐太郎問。

「財務省的智庫。」

「呃，也就是說，前財務省的官員變成了資安公司的社長。這家公司收了國家很多錢，承包案子。是這麼回事嗎？」

「是呢。」

「感覺裡頭好像有什麼黑心的味道，不過圭怎麼會調查這種公司？」

「土撥鼠先生碰巧察覺與這家公司有關的違法事證，所以正在調查——應該是這樣吧？」

「土撥鼠先生？」舞問祐太郎。

「啊，土撥鼠，」祐太郎指著土撥鼠筆電。「先生。」

「喔。」舞點點頭。

「嗯，或許圭碰巧發現違法事證，也有可能正在尋找證據。」祐太郎對南說。「最糟糕的情況，有可能他的行動曝光，與那家公司敵對，被他們抓住，或是躲了起來。只是……」

祐太郎猶豫該怎麼說。

「不知道這家公司和圭有什麼關係？」舞問。

「不是，是這件事跟我有什麼關係。」

「跟你有什麼關係？」

「這台筆電的密碼是『0807』。」祐太郎說。「八月七日，是我妹鈴的忌日。」

舞倒抽了一口氣。祐太郎搶在場面變得尷尬之前接下去說：

「那對我是已經過去的事了。不過對圭來說，還沒有結束。我想應該是這樣。」

「這家公司和你妹妹的事有某些關聯。至少圭這麼認為。」

「可是和我妹那件事有關的人，去年全都揪出來了。我覺得不可能再發現新的什麼。」

祐太郎說完後，想起以前和圭司的對話內容。

『特別是在數位安全方面，比夏目更厲害的技術人員難得一見。』

『意思是，他是圭的師父？好厲害。』

「……夏目。」

「咦？」舞反問。

「我進來以前，在這裡工作的人。」

「喔，嗯，夏目怎麼了嗎？」

「如果對圭來說，有什麼是他還沒有做個了結的，我想就是這個人了。」

「夏目和令妹的事有關嗎？」

「夏目好像和圭一起刪除了妳們父親所作所為的證據。不光是這樣，圭說安排我到這裡來上班的，也是那個夏目。」

『既然如此，就衝著我一個人來啊！』

祐太郎想起圭司在電話裡對夏目這麼說的聲音。那聲音毫無疑問，滿含怒意。圭司對於以那種形式將祐太郎牽扯進來，感到憤憤不平。

「足球。」

祐太郎忽然想到，環顧事務所裡面。

「咦？」舞反問。

「有沒有看到足球？」祐太郎問，離開辦公桌，四處查看成為死角的事務所角落。

「那邊有嗎？」

南狐疑地看著忙碌走動的祐太郎，反問：

「足球？」

「對，足球。上面用奇異筆寫著『to K』。」

說到這裡的時候，祐太郎已經確認完畢了。事務所裡沒有足球的影子。

「啊……」

祐太郎對自己的遲鈍感到絕望，惡狠狠地敲了自己的後腦一記。

「怎麼了？」舞問。

「我進來這間事務所的時候，就應該注意到兩件事才對。一是足球不見了，二是多了一台筆電。足球不見，表示這件事和夏目有關，既然如此，筆電要求的密碼也和夏目有關，我應該想到的。」

昨晚被舞帶來這裡的時候，就應該進展到現在這一步才對。圭司好好地為他留下了線索。祐太郎再次用拳頭敲了一下自己的後腦。

「我們應該是跑在正確的軌道上面，只是可能比圭預期的慢了一圈。」

祐太郎折回辦公桌。坐在辦公桌的南被他的洶洶氣勢嚇到，忍不住讓到一邊去。祐太郎把手伸向筆電，檢查裡面的資料。

「你在找什麼？」南問。

「接下來我該做什麼？圭應該留下了指示。就算是圭，應該也料想不到我會把小南牽扯進來，所以不需要那麼專門的知……」

南戳了戳祐太郎的肩膀：

「讓開，我來。」

「咦？」

「這資料任何人都能一眼看出哪裡不對勁是吧？」

「啊，嗯。」

南和祐太郎交換位置，瞪著畫面。

「不過，資料大致上都確認過了呢。只有會計資料而已。看得出來的只有交易對象和金流進出。客戶嗎？裡面有沒有特別顯眼的客戶？」

「查金錢的流向。」舞出聲說。「有沒有付款金額多到不自然的客戶？」

南迅速檢查資料。

「有。『艾福特』。有相當多的資金流向這家公司。一年……咦？呃，超過二十億圓。」

南茫然地喃喃道，回頭看祐太郎，接著看舞。舞點點頭：

「或許大本營不是『SECPAT』，而是『艾福特』。」

「可是這種事有這麼容易嗎？以前的話姑且不論，現在可以依據政府資訊公開法來要求揭露資料，而且國家的錢是人民的稅金吧？居然用這麼可疑的方式轉來轉去。有沒有可能這份資料本身就是假的？」

「不可能靠資訊公開法來查遍政府所有的金錢流向。比方說，祕書處機密費的流向，到現在都還沒有公開。再說，有這麼多支出對象，除非有人查遍所有的政府單位，否則根本不會注意到『SECPAT』這個名字吧？」

舞說到一半，南已經移動到桌電前面，敲起鍵盤來了。

「這種事真教人看不下去。」

「同意。」舞微笑。

螢幕上出現「艾福特」的官網。

「『艾福特』。業務內容是……資訊顧問？社長是柳井進。」

指頭動得比說話還快。「柳井進」的相關資料陸續出現在畫面上，將原本顯示的「艾福特」官網整個蓋過去了。本人的社群網站、朋友的社群網站、學生時代寫的研究論文、參加過的各種會議、座談會、工作坊的照片。每查到一個訊息，南便同時用指頭叫出相關的各種資料。

「柳井進在十二年前從明生大學的資訊系畢業。今年三十四歲。」

「這……」舞出聲。「和圭一樣，畢業年度也一樣。」

「意思是柳井進和圭是大學同窗？啊，那，夏目也是這個柳井進的大學學長囉？」

『是大我好幾屆的學長。他在大學很有名，幾乎就像是傳說中的生物。』

「柳井大學畢業後，以工程師身分待過許多公司，兩年前自己開了公司，那就是『艾福特』。」

「圭在調查將大筆資金流入那家公司的『SECPAT』。」舞慢慢地說，就像要整理自己的思緒。「如果圭的目標是夏目，那麼夏目就在大學學弟柳井開的『艾福特』——應該這麼推測嗎？不，還是夏目在『SECPAT』，把錢流向柳井的『艾福特』？」

「到底是哪邊，問本人就知道了。我去找那個叫柳井的。」祐太郎對舞說，轉頭問南：「『艾福特』在哪裡？」

「現在就要去喔？」

「我們可能落後一圈了，最好加緊速度。」

「可是就算你去找他，人家肯見你嗎？」

「總有辦法的。除了公司的地址，關於柳井進的資料，查到多少統統傳到我的手機吧。」

「啊，等一下，我也一起去。資料可以在路上蒐集。」

「小南也要去？」

「對方是ＩＴ企業的社長耶。有我在，或許可以抓到某些話頭。」

確實如此。但想像兩人拜訪柳井的公司的情景，祐太郎搖了搖頭：

「我一個人去。帶個小孩子一起去，會被瞧扁的。住址和資料就拜託妳了。」

「什麼小孩子……」

南不滿地哼鼻子，祐太郎不理她，向舞舉手道別，衝出了事務所。

2

南傳來的「艾福特」地址，是港區的一棟大樓。因為是ＩＴ企業，祐太郎原以為會是一幢嶄新而設計前衛的大樓，沒想到在手機地圖應用程式引導下抵達的地方，是一棟老舊無比的住商大樓。祐太郎懷疑走錯地方了，但大樓入口信箱的三〇二號室確實標示著「艾福特」。

『我到了。』

祐太郎傳訊息給南之後，在大樓一、二樓逛了逛。兩層樓都不怎麼寬闊，有六家不同的公司。每家公司都暮氣沉沉，也沒什麼人進出。他也看了一下三樓，但格局相同。祐太郎都等到這時候了，卻還是沒收到南傳來除了「艾福特」地址以外的資料。

『柳井進的個人資料呢？』

祐太郎傳訊息過去，但沒有反應。

祐太郎放棄期待，來到掛出「艾福特」牌子的鐵門前，按下旁邊的門鈴。但裡面沒有鈴響的樣子。他試著抓住門把轉了轉，門竟沒上鎖。祐太郎開門入內。

「有人在嗎？」

裡面是約五坪大的細長空間。對面是窗戶，門窗之間有兩張辦公桌。靠窗的桌子無人，靠門的一張坐著一名年約三十五的女子。兩張桌子上都有電腦，卻是司空見慣的筆電，看起來實在不像ＩＴ企業的辦公室。也不像透過「SECPAT」，每年收到多達二十億圓資金的公司。

「什麼事？」

女子瞥了祐太郎一眼，目光隨即回到桌上的筆電螢幕上。招呼的聲音帶有敵意，語氣像是把祐太郎當成了上門推銷的業務員。女子穿著米黃色長褲配淡粉紅色開襟衫。臉上雖然有妝，但不像重視打扮的人。要是在路上看到，應該會以為是附近的主婦，而不會認為是上班中的粉領族。不過比起全妝和名牌服飾，她那副散發出黃臉婆氣息的穿著打扮，的確更適合這間辦公室。

因為是與圭司的失蹤有關的公司，祐太郎嚴陣以待，然而這裡在各方面都與他所想像的公司截然不同。祐太郎有種一拳揮個空的感覺。

「請問，柳井在嗎？」

祐太郎踏進裡面一步問，女子第一次感興趣地看向祐太郎。

「我就是柳井。」

「咦？不，我是說柳井進先生。」

「喔。」女子點點頭。「他出門了。應該很快就回來了，有什麼事嗎？」

「喔，就是，關於我們共同的朋友，有點事想請教他……」

「共同的朋友？」

女子似乎在要求更進一步的訊息，但祐太郎無法確定現狀可以對誰透露多少。

「呃，對。」祐太郎含糊地點點頭。「他大概幾點會回來呢？」

「他去附近而已，應該一下子就回來了。」

女子剛說完，背後便傳來開門聲。祐太郎回頭，前面站著一個年約三十五的矮個男。黯淡的藍色西裝，沒打領帶。袖子和衣襬長度都對，但由於脖子特別粗壯，看起來就像穿了尺寸不合的西裝。

「嗯？誰？」

男子問，看不出是在問祐太郎還是裡面的女人。

「啊，這位先生找你。」

「你是柳井進先生嗎？我叫真柴，真柴祐太郎，想請教你關於坂上圭司的事。」

一聽到圭司的名字，柳井的表情立刻浮現戒備之色。

「你認識坂上圭司吧？」

不是裝傻，就是情緒化反應。不管怎麼樣，應該都會遭到拒絕。祐太郎如此擔憂，沒想到柳井輕輕點頭，說：

「我們去外頭談吧。這裡連茶水都沒法招待。」

不用麻煩，說完就走——祐太郎還來不及這麼拒絕，柳井便對裡面的女子說：

「我就在隔壁。」

女子點點頭，柳井催促祐太郎：

「隔壁大樓一樓有咖啡廳，我們去那裡吧。」

柳井說完便轉身背對祐太郎。看來他不想在這裡談。祐太郎向女子頷首，追上先一步離開的柳井。經過走廊，來到電梯前，等了一下，柳井進入開啟的電梯。祐太郎跟著柳井踏進電梯廂，瞬間柳井揪住祐太郎的衣襟，把他整個人按在電梯廂裡的牆上。

「是三目命令你來的嗎？你是來殺我的嗎？啊？」

動作敏捷，從那矮短身材完全無法想像。但應該也不習慣這種暴力行為，明明站在正面，該防守的部位卻門戶大開。

電梯門關上了。

「別開玩笑了。跟我沒關係。不管出了什麼事，那都是三目自己的責任吧？少賴在我身上！」

祐太郎以為是把「夏目」聽錯了，但柳井第二次也明確地說「三目」。祐太郎想要追問這件事，但柳井整個身體用力壓上來。

「手機拿出來！拿出來，現在立刻告訴三目，叫他別來惹我。不，我來說。叫三目聽電話！」

怒吼聲在狹窄的電梯廂裡迴響。柳井的右手掐住了祐太郎的脖子。

「聽到了沒？手機！快點拿出來！」

柳井掐住祐太郎的下巴下方使勁。祐太郎扭動身體，用左小腿狠踹柳井的胯下。柳井喉嚨「咕」了一聲，雙手抓住胯下，痛苦不堪。祐太郎理好凌亂的衣物，跨過倒地的柳井，按下一樓按鍵。老舊的電梯發出不滿的聲音開始下降。

「去隔壁說吧。是你提議的。」

祐太郎對著在地上縮成一團的柳井說。柳井雖然痛苦萬分，仍抬頭瞪著祐太郎。

電梯到一樓了。祐太郎先出去按住門。

「到了。」

祐太郎說著，柳井扶著牆壁站起來，彎腰駝背地走出電梯。

「快走。」

祐太郎戳柳井，柳井往前走去。祐太郎跟在慢吞吞前進的柳井身後，前往隔壁大樓。

隔壁大樓也和「艾福特」進駐的大樓一樣老舊。一樓的咖啡廳感覺從大樓落成當時就一直開在那裡。祐太郎拉開破舊到難以稱為復古風的門，催促柳井進入店內。老店長正在吧台裡看著天花板附近的電視，他看到柳井，表情緩和下來：

「啊，歡迎光臨。」

雖然不親，但彼此算熟吧。是這樣的招呼口氣。柳井也輕輕頷首。

吧台座有五張座位，沙發座有三張。祐太郎從後面戳著柳井，前往最裡面的沙發座，要他在離門口最遠的位置坐下，讓他插翅難飛，自己也在桌子對面的沙發坐下來。

店長前來點單，祐太郎點了兩杯咖啡。

「還有，電視可以轉大聲一點嗎？」

「好的。要看哪一台？」

店長回頭看電視。正在播放下午的新聞資訊節目。

「這台就可以了。」

節目正在討論日本貿易公司員工在北非遭到伊斯蘭極端勢力綁架殺害的事件。

「我想看這個新聞。」

店長離席，祐太郎重新瞪住柳井。柳井一直看自己的手，沒有抬頭。祐太郎強自按捺想要敲桌子的衝動。柳井是連繫圭司的重要線索，不能斷在這裡。

店長回到吧台裡面，用遙控器調大電視音量。像是名嘴的男聲傳來：

『外務省發布的旅遊警示為第二級，禁止不需要、不緊急的出國旅遊，但如果貿易公司在這個等級就不讓員工出國，生意就要停擺了。所以必須臨機應變。』

『也就是說，這次是做出了錯誤的決定對吧？』

望過去看到的電視螢幕裡，女名嘴大聲質疑。店長看祐太郎，像在問音量可以嗎？祐太郎微笑，比了個ＯＫ手勢。店長放下遙控器，開始準備沖咖啡。

這下就不必擔心對話被聽見了。首先必須讓他開口。祐太郎這麼想，從容易回答的問題切入：

「你剛才說的三目是誰？」

柳井幽幽地抬頭，推量似地看著祐太郎。那不是進攻的眼神，而是防守的眼神。柳井在懷疑自己是不是中了圈套。

「夏目啊。就是夏目。」

柳井答道，仔細地觀察祐太郎的神情。

「你剛才說三目。」

「夏目直。直是直角的直。總共有三個目，所以叫三目。」

祐太郎等待下文，但柳井的說明就這樣而已。祐太郎想了一下，總算意會到是在說漢字。夏目直。的確有三個目。三目。他有些錯愕地問：

「是他學生時代的綽號嗎？」

「綽號？」柳井喃喃，眯起了眼睛。「你真的不是三目那裡的人嗎？」

「我在找坂上圭司。如果你有什麼線索，告訴我。」

「你不是三目那裡的人，只是在找坂上？」

祐太郎不知道怎麼回答才是正確答案，目不轉睛地看著柳井。

「什麼啦，是坂上喔？」

柳井洩氣地說，身體放鬆下來。

「如果你不是三目的人，我沒有什麼好說的。」

「如果我是的話呢？」

「不，你不是。是我誤會了。」

柳井一副白緊張的表情，全身癱在沙發裡。看來第一步走錯了。祐太郎猶豫接下來該如何出招。

『結果政府不得不介入。就連談判放人的窗口，也是政府去找來的。』剛才的女名嘴聲音更高亢了。『回到剛才的話題，這等於是國家拿人民的稅金，讓貿易公司去賺錢牟利。這豈不是太說不過去了嗎？』

店長過來，在兩人面前放下咖啡。

「又要搬出那套個人責任論了呢。」

店長突然說，祐太郎抬頭：

「啊，咦？」

店長似乎很健談。他露出和善的笑，抱著放咖啡的銀托盤。

「說什麼是他們自己要去危險的地方的。怎麼說，世風日下，人情澆薄啊，對那些年輕人來說，這樣的想法太過時了嗎？」

「啊，個人責任論嗎？嗯，要怎麼說呢……」

祐太郎含糊地笑笑。店長似乎本來還想多聊聊這個話題，露出期待落空的表情，說著「各人想法不同嘛」，離開了。

這段期間，柳井在咖啡裡加了砂糖，用湯匙攪拌。祐太郎拿著咖啡杯，思考通往圭司的路子在哪裡。電視上，個人責任論與反個人責任論的兩派爭論起來。

「你們公司，」祐太郎沾了一口咖啡放回碟子，開口道。「好像很賺錢。」

柳井掩住杯子般從上方提起咖啡杯，應道：

「你又不是稅務署的人，少管閒事。」

「你們公司透過一家叫『SECPAT』的公司，拿了國家大筆資金。」

柳井啜了一口咖啡，只是冷笑。通往圭司的路不是這條。這一點祐太郎看出來了。那麼，是在哪裡？即使要找，關於柳井的資料也太少了。就在祐太郎怨恨南怎麼什麼資料都沒傳來的時候，手機響了。拿起來一看，就是南打來的。祐太郎差點要當場接聽，但還是從沙發站了起來。柳井一下子對祐太郎失去了緊張感。萬一被他聽到和南的對話，一定會更被瞧不起。

「我們還沒完啊。」

祐太郎對柳井撂話，走出咖啡廳。一走出人行道，立刻接電話。

『見到柳井了嗎？』南問。

「本來以為行得通，可是不順利。」

祐太郎隔著玻璃盯著店內的柳井。柳井悠哉地喝咖啡，一副不在乎祐太郎的樣子。祐太郎後悔早知道會變成這種狀況，就繼續讓他誤會自己是「三目的人」，在電梯裡教訓他一頓，逼他說出來。

「我會再試一下，但手上沒有柳井的資料，也無計可施。就沒有什麼可以用的情報嗎？幫我……」

『你不會是被瞧扁了吧？』

「咦？」

『你說帶小孩子去會被瞧扁，一個人去了。你總不會是被瞧扁了吧？』

祐太郎發現南是在對他離開事務所時丟下的那句話懷恨在心。他再看了店裡一眼。柳井在看桌上的菜單，一副想來點甜點的模樣。

「唔，有嗎？也不算是被瞧扁……」

『柳井在那裡對吧？你不要說話，把手機拿給他，我來說。等我說完後，什麼問題他應該都會回答你。你不要多話，只提出想問的問題就好。』

「咦？這怎麼……」

『少囉唆，照做就是了。』

南強硬地說。

難以置信。但不能把柳井丟在店裡太久，況且也根本沒有其他打破僵局的辦法。祐太郎回到店內，站到柳井旁邊，伸出手上的手機。柳井用反問的表情仰望祐太郎。

「聽就是了。」

柳井接過手機。他訝異地看著重新坐到對面沙發的祐太郎，不太甘願地把手機按到耳朵上。

「喂？……對……什麼？」

南好像說了什麼。柳井把手機從耳邊拿開，盯著螢幕，點了一下，表情一口氣緊張起來，重新拿好手機。

「妳……！」

柳井想要怒吼，但應該是立刻被南制止了。柳井以半起身的姿勢整個人僵住了。

「咦？妳敢做出那種事，別以為……我知道了，拜託……好，我知道了。」

柳井半站的身子又坐了回去。在吧台裡抬頭看電視的店長似乎沒有注意到這裡的異狀。

「……嗯……咦？……好的，我瞭解了……是的。」

柳井結束通話，把手機遞給祐太郎。祐太郎接過電話，放到桌上。

「想問什麼就問吧。快點結束吧。」

柳井面色蒼白，身體微微發顫地看著祐太郎。祐太郎看了都忍不住要擔心，但既然不知道南說了什麼，也不知道這魔法能持續到何時。祐太郎把握柳井尚未改變心意的時機，提出問題：

「你知道坂上圭司人在哪裡嗎？」

柳井微微搖頭：

「不知道。」

「那，你覺得他會在哪裡？」

柳井沉默片刻，答道：

「不知道。」

「你啊……」

祐太郎就要拉大嗓門，柳井驚慌地補充說：

「我是說我完全猜不到。他惹毛了三目，不管有什麼下場都不奇怪。我無法想像這種情況三目會做出什麼事來。」

「意思是三目對坂上圭司做了什麼嗎？」

柳井蹙起眉頭：

「坂上失蹤了不是嗎？除此之外還能怎麼解釋？」

「坂上圭司和三目對槓，然後坂上因為某些理由，自己躲起來了。」

躲在某處，等待自己去救援。祐太郎模糊地如此猜想。

「坂上跟三目對槓？不可能。他們不在同一個層次。」

聽到柳井輕鬆地如此斷定，祐太郎陷入啞然。圭司居然被一笑置之，說他不夠格。

「三目……夏目到底是什麼人？我知道他是你大學學長，也聽說在資訊安全方面，沒有人比他更優秀。其他還有什麼？」

「所以，三目就是三目。他是棲息在網路世界的怪物。他有三隻眼睛。」

柳井用右手食指抵著自己的眉心。

「第三隻眼睛，是數位之眼，什麼都逃不過他的法眼。」

雖然說得戲劇性十足，但柳井似乎不是刻意的。柳井好像真心恐懼著夏目這個人、三目這個存在。

「你說坂上圭司惹毛三目，是什麼意思？」

柳井咬緊牙關：

「坂上。那傢伙……」

柳井憤恨地說，很快地用力搖搖頭，改口道：

「我不清楚內情。我只是被坂上拖下水而已。」

「拖下水？」

「他用了我的位址。坂上冒用我的身分，傳送病毒郵件去『SECPAT』。我什麼都沒做。坂上到我公司來，我只是跟他閒聊了快一個小時而已。放坂上一個人在辦公室，自己去廁所，要說這是我的疏失，確實是疏失，但我萬萬料不到坂上居然密謀做那種事。我接到『SECPAT』的連絡，才知道自己被坂上利用了。三目當然應該比我更早就發現了。」

「你和三目是什麼關係？」

「幾乎談不上關係。我是他大學學弟，所以他才會找我，只是這樣罷了。我只是三目的擺飾品。」

祐太郎正要問擺飾品是什麼意思，轉念一想也用不著問。流入柳井公司的高額資金、天壤地別的公司實際樣貌。

「來自『SECPAT』的錢，透過你的公司『艾福特』，流到三目那裡去了，對吧？」

「沒錯。嚴格地說，是從我的公司，再流向其他八家公司。每一家都是用來把錢轉給三目的空頭公司。我只知道這麼多了。」

「坂上圭司想要揭穿這些金流。」

「應該是吧。國家支付鉅額資金給個人，這是個大問題。坂上想要截斷通往三目的金流。他應該想要瞞著三目私下進行，但這是不可能的事。不是已經被三目逮到，要不然就是……」

柳井搖頭。

「已經被殺？」祐太郎問。

「我不知道。三目的事，我自己也不是很清楚。我覺得這點事對他不算什麼，也覺得他活在遠離這些道德判斷的價值觀裡。我完全無法想像。」

「為什麼會有那麼多錢流到三目那裡？」

「那是……」

柳井語塞，困惑地看向祐太郎。

「只能說因為他是三目。」

這個答案雖然無法讓人信服，但柳井並不像在打馬虎眼。

「是誰、為什麼要把高達二十億的資金交給三目？是他握有哪個高官的把柄嗎？總理大臣嗎？要不然就是更……」

「啊，不是啦，不是。」

柳井揚聲否定，點了點頭，彷彿這才理解了祐太郎問題的用意。

「就是，在資訊安全這方面，三目在全世界也是首屈一指的工程師。層次完全不同。他本來就不是會隸屬於任何一個地方的人，但如果無論如何都想雇用他的話，就得端出破格的價碼。區區幾千萬、幾億圓，根本不用談。但國家支付幾十億的酬勞，就只為了雇用一名工程師，國民不可能接受。即使是被說是一黨獨大的現在的執政黨，也不可能有膽把這種事搬上檯面討論。但是中央政府有不少人認為對日本來說，三目是應該要由國家圈養起來的人才。他們說動能理解這件事重要性的議員，超越政府單位和黨派的藩籬，為了國家利益，計畫圈養三目。」

「這種事……」

事情的格局之大，讓祐太郎說不出話來。

「什麼叫這種事？」柳井反問，臉上浮現嘲諷的笑。「這種事太扯了是嗎？沒錯。從來沒有這種事，這才是問題。日本從來沒有培養能在網路空間派上用場的人才，也沒有挖掘和確保這樣的人才。在網路情資這一塊，日本是全世界的笑柄。說那裡有個叫

『JAPAN』的資料夾。」

「資料夾……咦？什麼意思？」

「就資料夾啊。單純的資料夾。網路空間正在進行熾烈的資訊爭奪戰，卻只有日本傻呼呼地把自己手上的資訊全部丟進資料夾裡面，連密碼都沒設，也沒有設trap。只要是日本的情報，任何人只要點一下，就可以讀取。」

柳井用指頭在桌面點了兩下，就像在按滑鼠。

「一直以來，國家利益到底蒙受了多大的侵害，我實在是無法想像。部分腦子正常的官員傾訴至少機密情報不要電子化。不管多麻煩，只要以紙本文件往來，最起碼不必擔心會在網路空間完全曝光。但是把電腦從組織高層排除出去也太不切實際了。所以至少要打造出符合先進國家的網路資安環境。對日本而言，這原本應該是要最優先進行的國家事業。政府供養三目，就是為了這個目的。」

「那，從『SECPAT』流出的錢……」

「是政府支付給三目的正當報酬。不，別說正當了，根本是破盤價。三目的話，有一堆國家和企業願意出更高的價碼聘用他。本來的話，日本國民應該要感謝三目願意用這種水準的報酬替日本政府做事。」

祐太郎在無意識之中把頭髮亂搔一通：

「一個人有這麼大的力量嗎？」

「喔，你無法理解是嗎？應該無法理解吧。」柳井顯得不耐煩，說：「那是參加資格。」

「參加資格？」

「夏目直，這個名號早已超越了單獨的個人。總統砸大錢也請不動的工程師、首相下跪也請不來的駭客，只要夏目直一則訊息，他們一呼百諾。他們應該也不清楚夏目直到底是什麼來頭吧。在網路空間裡，夏目直是受到最高崇敬的名號之一。只要是為了這個名號，人們願意行動，在這個名號底下，情報會自然匯聚過來。所以對於在網路情資的世界，過去連入口都搆不著的日本來說，要參與其中，三目是絕對不可或缺的存在。問題不是三目能做什麼，而是沒有三目，根本就無從開始。」

祐太郎大致理解了。但這件事原本就宛如雲山霧罩，雲霧實在太深了。即使能夠理解，也無法轉換成能利用的情報。他唯一知道的，就是圭司好像槓上了不得了的人物。

祐太郎搖搖頭，改變問題的方向：

「去哪裡可以見到三目？」

「我不是說了嗎？三目是住在網路世界的怪物。他不存在任何地方，也無所不在。就算現在不在這裡，下一瞬間或許你的手機就會接到來自三目的訊息。就算真的如此，我也一點都不訝異。」

柳井用下巴努努祐太郎放在桌上的手機。熟悉的手機忽然彷彿變成了可怕的陌生道具。

「你跟他是怎麼連絡的？」

「他會單方面傳電郵過來。他最後一封電郵已經是一年前的事了。我只是擺飾品，不是三目會花工夫理睬的人。」

「如果你是我，會怎麼做？在現在這種狀況，如果想要找出坂上圭司，你會怎麼做？」

「這我怎麼……」

「不准說不知道。」

柳井一臉疲倦地嘆了口氣，點點頭說：

「前提是坂上還活著是吧？坂上被三目抓住了，但不知為何還活著。」

這個說法教人火大。

「快想。」

柳井咬唇思考：

「我們沒辦法主動接觸他。既然如此，只能想辦法讓他連絡。做出某些惹怒他的事，讓三目生氣的事。這麼一來，他應該就會連絡。只能抓住這僅有一次的機會來設法了。」

「什麼事會讓三目生氣？」

「刺激他的自尊心的事。要不然就是執拗地把他推上檯面吧。」

柳井又繼續思考了片刻，搖搖頭說「不，我想不出來了」。他深深低頭，幾乎要抵到桌面。

「放過我吧，我只知道這麼多了，真的。拜託，不，求求你。請你打電話給你同伴，打給剛才那位小姐。」

柳井抬頭，滿臉拚命地說。

「我知道的全都告訴你了。」

現在的柳井看起來沒有餘裕去撒謊或篩選透露的資訊。

「你先待在那裡，不許動啊。」

祐太郎拿起手機站起來。也許是總算發現這邊氣氛不對，店長露出詢問「沒事吧」的眼神。祐太郎客套地回笑，走出店裡，打電話給南。

『想問的都問到了嗎？』

「柳井那裡應該問不出更多了。柳井叫我打……」

『談完的話，直接默默離開。』

柳井在店裡目不轉睛地看著祐太郎。嘴唇微微顫抖。拚命地看著這裡的眼睛好像淚溼了。

「柳井好像在哭耶。」

『讓他哭沒關係。沒問題的。』

「可是如果現在開溜，感覺他會追上來。」

『你跑步很慢嗎？』

「啊，要用跑的喔？」

『有什麼問題嗎？』

「也不是問題，啊，我沒留下咖啡錢。」

『咖啡錢。』南喃喃道。『咖啡錢？』

你傻了嗎？那口氣彷彿能聽到這樣的嘆息。

「啊，不，沒事。我知道了，我跑就是了。」

剛好三名西裝上班族閃過祐太郎走進店裡。祐太郎趁著柳井的目光轉向三人的瞬間，收起手機跑了出去。跑過幹線道路旁邊的人行道，衝進第二條巷子，貼在第一棟大樓的門口，靜止不動，約十秒鐘後，便看見柳井跑過人行道，東張西望地尋找祐太郎。

一打開「dele. LIFE」的事務所門，迎面便飛來一顆籃球。

「哇噢！」

祐太郎反射性地雙手接住，只用手腕的巧勁投回去。投出去之前他已經停了一拍，南卻反應不過來，球在腦門上砸個正著。

「啊，抱歉。」

道歉之後，祐太郎突然好笑起來，噗哧笑出聲音。

「有那麼好笑嗎？」

南推起滑落的銀框眼鏡，不悅地瞪祐太郎。

「抱歉抱歉。喔，沒有啦，只是覺得如果這不是球而是對話，立場就相反了，突然好笑起來。對話的話，每次都是我沒接中。」

「我是思考轉化成動作的時間比別人慢啦。從以前就這樣。」

南撿起掉到腳邊的球，運球之後站定，伸長了身體射向畫在門上牆壁的圓框。球沒碰到圓框，撞在門板上反彈，又回到南的腳下。

「雖然就算行動，也頂多這種程度而已，有沒有動都沒差。」

南雖然這麼說，但又抱著球重新拉出距離，笨拙地運球之後，蹩腳地投籃。

「舞小姐呢？」祐太郎問。

這回球撞到天花板，南追著滾向遠處的球說：

「你一出門就回事務所去了，說有進展再告訴她。有進展嗎？」

「我也不太清楚算不算進展。」

祐太郎在沙發坐下，把從柳井那裡聽來的內容告訴南。

「二十億不僅正當，根本是破盤價嗎？」

南坐在地板的籃球上聽著，哼了哼鼻子。

「聽起來就像另一個世界的事，一點都不真實，但柳井這麼說。」

祐太郎說到這裡，想起南的電話。

「對了，妳在電話裡對柳井說了什麼？柳井慌到我都可憐起他來了。」

「你沒看手機嗎？」

「手機？」

這麼說來，柳井剛和南通電話不久，便立刻看了手機。

「我用電郵傳了照片過去。」

祐太郎取出手機，檢查電郵。

「咦？這誰啊？」

最新的一封電郵沒有內文，只附上一張完全陌生的小女生照片。年紀約小學低年級，地點可能是家庭餐廳。小女生面對桌上一大杯草莓聖代，笑容滿面。

「柳井優。就讀墨田區立東町小學三年級。」

「啊，他女兒？」

「進也就罷了，加代在社群網站四處散播女兒的個人資料。她應該很閒吧。雖然設成非公開，但陌生人的交友邀請也立刻同意，和公開根本沒兩樣。」

「加代是……嗯？啊，柳井的老婆？」

祐太郎回想起「艾福特」的女子。那時候她說「我就是柳井」，所以她就是加代吧。看起來像在工作，但「艾福特」只是用來把資金流給夏目的公司，一定有大把花不完的空閒時間。

「就連我也只要三十分鐘就能查出他們住的公寓和女兒上的小學。如果是擅長挖掘社群網站資料的人，大概十分鐘就可以查出來了。加代把女兒的照片放在網路上，還自己寫說女兒比起去安親班，更喜歡去附近的圖書館看書。還寫說家裡養了傑克羅素㹴。」

「呃……也就是說？」

「只要去他們公寓附近的圖書館，找到照片上的小女生，坐到對面，亮出解鎖畫面是傑克羅素㹴照片的手機就行了。十五分鐘後，我們已經在圖書館附近的家庭餐廳一起吃聖代了。」

「這是……呃，輕度誘拐？」

「吃完聖代以後，我送她回圖書館，然後道別了。只是這樣而已。」

這段期間拍下照片，恐嚇柳井你女兒在我們手上。國三的南居然使出這種手段，令人驚訝，但反過來說，這是只有南才辦得到的事。如果是祐太郎，一靠近就會被當成可疑人物提防，也會引起周遭的注意。

「太厲害了。」

儘管和犯罪行為只有一線之隔，但也因此成功地從柳井口中問出情報了。站在祐太郎的立場，比起責備，他更想大力稱讚。南露出靦腆的笑。

祐太郎在沙發上正襟危坐：

「怎麼說，把妳扯進意料之外的事，還讓妳幫了這麼多忙，真的謝謝妳。」

祐太郎行禮道謝，南一陣錯愕。

「這是在幹嘛？」

「幹嘛……就道謝啊。」

「幹嘛這時候說這個？」

「喔，就是，接下來或許會遇到什麼危險……」

「意思是叫小孩子滾回家睡覺嗎？」

「不，我沒……」

「你就是這個意思吧？跟帶小孩子一起去會被瞧扁是一樣的論調。」

「不，我覺得這是兩碼子事……」

「一開始是你拜託的，什麼時候要下車，我自己決定。」

祐太郎語塞了。照道理來看，南的說詞聽起來合情合理，但考慮到她還是個國中生，也覺得她的主張太離譜了。但不管怎麼樣，對南提出反駁，都是對牛彈琴。

「不，可是，妳幹嘛幫我這麼多？」祐太郎問。「妳一開始看起來並不怎麼起勁啊。」

南別開視線。她彎膝又伸腿，坐在籃球上的身體微微前後搖晃。

「我已經三年了。」

南低語地說。祐太郎疑惑了一下，想到她是在說她已經國三了。

「啊，三年級。嗯。」祐太郎點點頭。

「就算不去學校，好像一樣可以畢業。」

「喔，這樣啊。那太好了。」

「可是畢業以後，我不知道該怎麼辦。」

「照平常想，應該上高……」

「我會寫一點程式。我就只有這點長處。」

「唔，我倒不這麼認為，光是會寫程式就已經……」

「我想知道我能做什麼。但不是在學校那類地方。因為我一定沒辦法融入那種場所。」

「我是覺得不必那麼急著下結……」

「這樣一想，這件事就像是順水推舟。」

「呃……可以這樣說嗎？」

「我要奉陪到最後。至少現階段我這麼決定。」

「呃，可是那個叫夏目的人好像不知道會做出什麼事……」

「如果沒有我，根本什麼都沒法做吧？不會說英文的人就算跑去美國找人，也不可能成功。」

「啊，被妳這樣一說，的確也是啦。可是唔……這樣好嗎……」

「把我當成翻譯就行了。在網路世界幫你找人的翻譯。」

祐太郎又要開口，南斬釘截鐵地說：

「我已經決定要這麼做了。我不是在徵求你的同意。」

「啊，是喔。」祐太郎點點頭。「這樣啊。」

「就是這樣。」南說，從籃球站起來。她走近坐在沙發上的祐太郎，伸出右手。

「我要去超商買零食跟飲料。買兩人份。給我公款。」

「啊，喔，公款，嗯。」

祐太郎從錢包抽出千圓鈔票。

「小優的聖代錢應該也算公款。」

「啊，唔，說的也是。」

祐太郎再抽了一張千圓鈔票遞給南。

「我去買東西的時候，你想一下下一步要怎麼走。」

「啊，好，嗯，我會想……」

南一轉背便朝門口走去。祐太郎猶豫要不要說，向她的背影出聲：

「那個……」

南回頭。

「剛才那件事……」

「哪件事？」

「喔，妳說妳的思考轉化成動作比別人慢。」

「喔，對。」

「可是，我覺得在行動之前想得比別人多一點，不是件壞事。」

祐太郎說完微笑。南一臉困惑，朝下看了一眼，目光很快又回到祐太郎身上，微微側頭：

「你真的這麼想？」

「嗯，我真心這麼想。」

「那，為什麼做不到？」

「嗯……啊，妳說我嗎？」

「我覺得你應該再多思考一下再行動。就我觀察的心得，也這麼認為。」

「啊，是喔，說的也是呢。嗯，以後我會小心。」

「我去超商了。」

「啊，路上小心。」

南離開事務所了。祐太郎癱到沙發上，覺得比和柳井周旋還要累人。一會兒後，舞過來了。

「我從窗戶看到小南出去了，想說是不是有什麼進展。」

「啊……也不知道能不能算進展……」

祐太郎窸窸窣窣從沙發爬起來的時候，舞走到無人的辦公桌，手在上面擱了一下。

動作看起來像在無意識地祈禱。她很快便轉身面對祐太郎，臀部倚靠桌邊。祐太郎把對南說明的內容也說給舞聽。舞聽了似乎也不禁大為驚訝。

「政府圈養一名工程師，還為此特地打造了金流管道。太驚人了。」

「舞小姐認識夏目對吧？他是個怎樣的人？」

「稱不上認識。我們都在同一棟大樓，所以會碰面，但聊天的內容，頂多也只是打招呼的延長。即使在這樣的範圍內，也覺得他是個難以捉摸的人。碰面，打招呼，道別，跨出一步之後，就已經沒留下半點印象了，是這種感覺……你懂嗎？」

祐太郎想了一下，但周遭沒有符合的人。

「不，不太懂欸。」

「就是說呢。」舞喃喃道，想了一下說：「和他交談，他的回答絕對不會超出預期範圍。表情和動作也是。雖然會微笑、會露出擔心的表情和動作等等，會表現出一些感情，但感覺只是端出最適合當場狀況的反應罷了……」

舞搖了搖頭：

「這樣說明也很模糊呢。不過他這個人只能這樣形容。我一直覺得他是那種那能在瞬間配合對方鏡片顏色的人。對方的鏡片是紅的，就變成紅色，鏡片是藍的，就變成藍色，所以對方永遠都看不見夏目的身影。」

雖然還是一樣懵懵懂懂，但從舞談論的口氣，看得出她對夏目並沒有壞印象。倒不如說，包括壞印象在內，對他毫無印象嗎？在舞的內心，或許他就像是一個「夏目」的記號。

「有沒有發生過什麼具體的事？」祐太郎問。「不管是對話還是什麼都行。」

舞想了片刻，搖了搖頭：

「真的完全沒有。我記得夏目待過這裡，卻想不到任何可以證明的事。雖然覺得這也太離譜了。」

說到這裡，舞露出想到什麼的表情。但她看起來欲言又止，祐太郎出聲說：

「是什麼？什麼都可以。」

「喔，夏目這個人，連外表都模糊不清。他的經歷我從圭那裡聽說了，所以可以想像應該比圭年長個十五歲左右。但如果不知道這件事就看到他，或許會以為和圭差不多年紀。性別應該是男的，但其實我到現在都還是不清楚他究竟是男是女。」

夏目直。從字面來看像是男性，但名字發音Nao像女性。確實，這名字可男可女。

「可是妳不是見過他嗎？」

「照片或影片也就罷了，但距離三十公分交談，卻看不出性別，這樣的對象，他是頭一遭。」

「妳沒有問圭嗎？」

「問啦。我問圭，被他嗤之以鼻。」

「咦？」

「他說：『這是我這輩子聽過最無聊的問題。』」

圭司應該是想表達夏目這個人的本質不在那種旁枝末節吧。這顯示夏目身為工程師的能力就是如此特出。即使如此，在社會地位上，格局過大，無從捕捉，在個人屬性方面，不僅是年齡，連性別都撲朔迷離。知道愈多資訊，夏目這個人的形象就愈是模糊。這樣一個人，與同樣不按牌理出牌的圭司之間爆出了爭執。而自己夾在中間，到底能做什麼？正當祐太郎感到心情黯淡時，事務所的門打開了。

南兩手拿著杯子，一手掛著塑膠袋，七手八腳地開門進來。

「啊，舞姊姊。」

舞抬腳關門，用肩膀推起滑下來的銀框眼鏡，走了過來。

「我剛好買了咖啡，請用。」

「舞姊姊？」祐太郎喃喃，望向舞。

「舞，」舞指著自己。「姊姊。」

「啊，喔。」

「謝謝。」舞從南手中接過其中一只杯子。

「不會。」南靦腆地低頭，拿起另一只杯子就口。

「呃，我的呢？」

南走到沙發前，將掛在手臂上的塑膠袋遞向祐太郎。

「請用。小泡芙和棉花糖。」

「喔，小泡芙和棉花糖。」祐太郎點點頭。

「那，你想到下一步要怎麼做了嗎？」

「我是想連繫夏目，但好像沒辦法查出他的所在，直接去找他，所以就照著柳井說的那樣做吧。」

祐太郎撕開棉花糖的包裝說。

「要惹夏目生氣。」

「怎麼做？」

祐太郎捏起一顆棉花糖扔進嘴裡：

「圭會失蹤，是因為惹夏目牛氣。夏目會牛氣，是因為發現圭從『SECPAT』偷走了這份帳冊檔案。」

如果將來自國家的資金流向公諸於世，過去夏目領取的龐大酬金將曝露在光天化日之下。不管政府如何強辯這是正當的報酬，依然會如同柳井所說，難以得到廣大民眾的理解。遑論宛如瞞騙國民目光的隱密金流，更是無從抵賴。

「『SECPAT』的那份帳冊，對於收取酬金的夏目來說，是不希望被人觸碰的。所以我想要把它公開。」

一旦被揭發，反而沒必要對竊取帳目資料的主司施加壓力了。

「假設圭是因為竊取帳冊檔案的事曝光而逃到某處躲起來，一旦帳冊公諸於世，圭就沒必要逃亡了。仔細想想，或許從一開始就應該這麼做。太難的事我做不來，所以圭把電腦託給我，或許也是這個打算。」

說著說著，祐太郎漸漸認定絕對就是如此。

「我只要打開這台筆電，把裡面的檔案公開就行了。一定是這樣的吧！」

祐太郎興沖沖地看向兩人。然而舞依然靠在辦公桌上，南則是坐在籃球上，兩人都神情黯然。

「咦？不行嗎？」

「不，也不是不行……」

南說，看舞的臉色。舞注意到她的目光，微笑：

「不用在意我。妳想到更可怕的後果對吧？」

「嗯。啊，也不是想像，只是覺得有這個可能性。」

「更可怕的後果？」祐太郎問。

南顧慮地看舞，舞點了點頭，她便開口說：

「如果土撥鼠先生不是在逃亡，而是落在那個三目手中，會怎麼樣？如果三目正在逼土撥鼠先生說出他偷走的這份帳冊的檔案所在，會怎麼樣？公開檔案，對三目來說確實是會是個重大的打擊，但一旦公開，他就沒有必要繼續留著土撥鼠先生了。要是他肯放人就好了……」

「喔，」祐太郎點點頭。「妳是說有可能檔案一公開，圭就被殺掉嗎？」

「也是有這樣的風險。」南點點頭。

「那，這份檔案不能公開嗎？」

這是與夏目周旋的唯一籌碼。但如果關係到圭司的生死，就不能貿然使用了。

「不過倒也不盡然如此。」舞說。

「咦？」

「我想到的比小南更糟糕。」

「什麼意思？」祐太郎問。

舞回頭，把手伸向圭司留在辦公桌上的筆電。

「如果這台筆電交到祐太郎手中，就表示自己已經不在世上了。圭這麼認為。」

祐太郎無意識地從沙發站了起來。舞背對著祐太郎，淡淡地繼續說：

「這是圭留給祐太郎的工作委託。如果自己死了，資料就託付給真柴祐太郎。這台筆電代表的就是這樣的訊息。」

從頭部方向來看，舞現在應該正看著辦公桌前面。看著應該坐在那裡的弟弟。

祐太郎完全無法接話。

『把你死後想要留在世上的東西交給我保管！』

他想起自己以前曾經對圭司說過，如果是自己，應該會從事這樣的工作。留下筆電離開這家事務所時，圭司想起了那段對話嗎？

「倘若這樣的話，」舞以依舊不變的淡漠語氣接著說。「我認為這份帳冊檔案還是應該公開。」

「這……」

舞把身體轉正，隨著嘆息搖了搖頭：

「我就是會忍不住做出最糟糕的猜想。事實上究竟怎麼樣，我也不清楚。但從圭留下的資料去推測我們能夠做什麼，我還是覺得應該公開。但也不清楚狀況會如何轉變。不過最起碼應該會有所轉變。或許就像祐太郎你想的，藏身在某處的圭會忽然現身。」

聽起來舞並不相信這種可能性。即使如此，舞還是說應該要公開。祐太郎覺得這是她對弟弟的信賴。無論結果如何，如果弟弟希望這麼做，就聽從他的要求。祐太郎覺得這與圭司把尊重委託人的意志放在第一優先的態度很像。

委託人的利益至上。祐太郎原本以為，圭司就是秉持這樣的信念，近乎冥頑不靈地依照委託刪除資料。但或許他錯了。委託人會想要刪除某些東西，不光是為了自己，而是相信這麼做，對身邊的人也是最好的。而圭司或許是對委託人寄予這樣的信賴。

「是啊。」祐太郎點點頭。「把它公開吧。」

圭司不可能為了區區這種檔案，就賭上自己的性命。祐太郎決定如此相信。這是毫無根據的信賴。但至少比起繼續在這裡空耗時間要來得好。他這麼覺得。

「不過說要公開，具體來說要怎麼做？」

南問，舞想了一下說：

「我把這份檔案拷貝下來，交給認識的媒體人。我有幾個在報社和電視台任職的朋友。不過他們應該會先驗證真假，所以需要一段時間才會上新聞。他們應該會採訪『SECPAT』，調查相關事證，並確認這份資料的來源。不管再怎麼快，都得花上一兩個星期。」

沒有人知道狀況是否還有這麼久的餘裕。

「比起把帳冊內容公諸於世，更重要的是引起三目的注意吧？那麼我來做。」南說。

「咦？」

祐太郎反問，但舞似乎明白她的意思。她對南抿唇一笑：

「太好了，拜託妳了。」

「啊，好。」南靦腆地點點頭。

「咦？要做什麼？」

祐太郎喃喃問，但沒有人理他。

「我把檔案交給媒體後，就去報案。為了往後的需要，先去報案失蹤。」

「是啊，這樣比較好。」

「帳冊檔案拷貝一份傳到我的電子信箱。」

「好的。」

舞走向門口，南走向辦公桌。

「呃，那我要做什麼？」

舞的答案很冷淡：

「目前沒有呢。」

南甚至沒有開口，只是聳了聳肩。

舞離開事務所後，南立刻移師到桌電前面，著手工作。她半彎著腰，或是半跪著打字，但舞離開五分鐘左右，坂上法律事務所的人就搬了張圓凳子過來。南坐到椅子上，工作果然事半功倍起來。打鍵盤的速度變快了，室內充斥著喀噠喀噠聲。祐太郎坐在沙發仰望天花板，又陷入懷念。但仍然和圭司不同。敲鍵盤的速度，南應該比較快，聲音也比較大。聲音的節奏忽然變了。

「給我泡芙。」

祐太郎抬起脖子望過去，只見南一手敲打鍵盤，另一手伸向這裡。祐太郎撕開包裝，取出泡芙走過去，放到南伸出來的手上。南整顆丟進嘴裡，又開始雙手打鍵盤。祐太郎有了被當空氣的心理準備，出聲問：

「啊……那個，妳在做什麼？用社群網站散播那份檔案嗎？」

「要利用社群網站散播帳冊檔案相當困難。這種只有一堆數字的無聊資料，沒有人要看。所以我要編個故事。」

「故事？」

「角色是夏目直和樋口健也。」

樋口健也是誰？祐太郎差點要問，想了起來。是「SECPAT」社長的前財務省官員。

「夏目直這個名字，還有三目這個代號，圈子裡似乎無人不知、無人不曉。他被視為網路資安的傳奇人物，經常被提起。相較之下，樋口健也這五年之間，在網路上徹底沒沒無聞。非常理想。」

「妳要編造樋口健也把來自國家的鉅款流向夏目的口袋的故事，公開在社群網站嗎？」

「這劇情太無聊了。無聊的故事沒有人要散播。」

「嗯？」

「夏目是在網路安全意識比現在低落許多的時代，就在全世界活躍的傳說級工程師。如果他長袖善舞一些，甚至有可能成為日本的賴利・佩吉或馬克・祖克柏，卻對名聲、金錢毫不執著，是個技術阿宅。起碼在網路上人們是如此認知的。相對地，財務官員出身、坐上ＩＴ企業社長大位的樋口健也，是個毫無技術能力，卻只善於鑽營的狡詐成功者。看在網民眼裡，應該就是這樣。所以我要編造一個壞蛋樋口健也擅自利用傳說級工程師名號的故事。這樣就會廣為流傳了。」

「呃……也就是說……？」

南敲著鍵盤繼續說：

「原本是財務省菁英官員的樋口健也由於某些原因，在組織內垮台。比起權勢騷擾，性騷擾更有意思呢。不久前事務次官也才因為性騷擾辭職了嘛。那個時候的受害者是記者去了嗎？不只是財務省，中央政府官員對女記者的性騷擾行為氾濫橫行。樋口也是幫兇之一。辭掉財務省職位的樋口，開始恐嚇他的豬哥同事。」

聽起來像是自言自語，也像是在和電腦說話。但祐太郎問「什麼豬哥同事？」，她便詳加回答：

「中央政府的菁英圈子裡，有一份容易性騷擾得逞的女記者名單。他們以提供情報為由，叫來那些女記者，進行惡質的性騷擾。自己的性騷擾行為曝光後，樋口恐嚇以前的好兄弟，說他不會出賣他們的性騷擾行為，代價是要把錢流到自己成立的公司。但政府單位不能把錢送進毫無實績的樋口那裡。因此樋口想到冒用傳說中的工程師夏目直的名號。自己的公司『SECPAT』，和夏目直實質經營的公司『艾福特』有合作關係。以這樣的形式，偽裝成承包政府的案子，要求以前的豬哥同事把錢匯進來。」

「啊……喔。」

「但這件事被傳說中的工程師夏目直發現了。畢竟他可是號稱『三目』，據傳任何事都逃不過他的法眼的人。夏目察覺樋口的惡行，駭入『SECPAT』的系統，偷出證明政府資金流向的帳冊檔案。由於夏目提供情資，會計監察院得到了這份資料。雖然這份情資值得追查，但顯然是透過非法手段取得，因此會計監察院處理起來也相當為難。」

南敲打鍵盤的指頭依然動個不停，瞥了祐太郎一眼，像是在要求感想。

「那個……咦？這是什麼？」

「本日清晨，台灣報社的日文版所發布的新聞，是來自美國通訊社日本分社的消息。」

「啊……就是那個吧？時下流行的假新聞？」

「沒錯。因為沒時間建置整個網站，所以單做網頁。樋口健也的臉，你覺得哪個比較好？」

南伸手調整螢幕角度。上面是兩個外文網頁，兩邊都是陌生的男子照片。

「臉？哪個？咦，這兩個人是誰？不是樋口健也吧？」

「我搜了一下他的照片，可是網路上找不到。這個好像是在巴西開餐廳的，這個好像是新加坡的財經分析師。」

「這個吧。看起來壞壞的，有點臭屁。」

「分析師是嗎？我贊成。」

開始動工後約兩小時，南便大功告成了。完成了一頁台灣報社的日文版網頁，報導美國通訊社發布的新聞。

「我本來想要打造整個報社網站，不過沒時間了。就把這個傳送到社群網站吧。」

「數位偶像南南的網站嗎？」

祐太郎想起南以前如此自稱，擁有許多追隨者，這麼問道。

「不，南南的粉絲對這類話題沒興趣。我要傳給在社群網站上專門轉貼這類政府違法亂紀新聞的人。關注這類新聞的人，會去看這些人的社群網站。消息會自己傳播開來。就和電會往容易導電的地方流一樣。」

「不會被發現是假的嗎？」

「遲早會曝光。不過無所謂，被抓包的話，再編造別的新聞就行了。」

「別的新聞？」

「比方說，散播『傳說中的工程師夏目直親自澄清與自己無關，在論壇掀起風波』，然後做一個假的論壇網頁佐證。」

「萬一這也被抓包呢？」

「再編造新的新聞，說政府的錢流向樋口健也的公司是真的，這筆錢其實進了傳說的工程師夏目直的口袋裡。」

「這是事實，不過前面都有兩個假新聞了，還會有人相信嗎？」

「信不信都無所謂。目的只是要引起三目的注意。只要在三目接觸我們之前，不停地製造這類新聞，維持話題熱度就夠了。然後舞姊姊交給媒體的檔案會開始被媒體報導。是在那之前墊檔用。」

「喔，原來如此。」

「不過，現在時機有點不巧。」南微微蹙起眉頭說。

「時機不巧？」

「你知道有個貿易公司的員工在北非遭到武裝勢力綁架殺害的新聞嗎？」

祐太郎想起在咖啡廳看到的電視新聞，點了點頭：

「啊，嗯，知道。」

「政府在這件事的應對處理遭到抨擊。碰到這個熱門新聞，這件事有可能會被蓋過。畢竟就算情節有趣，材料本身也太樸素了。」

「喔。」

「再說，最近MIHARU在社群網站發表聲明，說支持政府的處理方式。你知道MIHARU嗎？」

「呃……不知道。」

「MIHARU是很受國高中生歡迎的時尚網紅，就用羅馬拼音MIHARU當做網路代號，本行好像是舞者，她平常從來不會針對政治議題發言，卻突然做出這樣的聲明，而且內容邏輯清晰，有條有理，所以社群媒體為了MIHARU的聲明，掀起正反兩派之爭。傳說中的工程師在網紅MIHARU面前，也得相形失色。我做的新聞要在社群媒體成為話題，或許需要一點時間。」

「這樣啊，原來發生了這種事。」

白天看到的電視節目，也引發了激烈的爭論。

夏目會注意到這則假新聞嗎？南就像看透了祐太郎的不安，哼了一聲。

「沒問題的，會順利的。」南說。「你應該知道，社群網站是我的強項。」

「嗯，我都忘了。」祐太郎苦笑。「確實如此。」

假設夏目會行動，那會是什麼時候、如何行動？

圭司找碴的理由，夏目應該也心知肚明。這件事從一開始，就只有三名相關人士。利用圭司竊取的檔案，想要和自己作對的人是誰？不勞動用第三隻眼睛，也看得出除了祐太郎以外沒有別人了。既然夏目號稱「棲息在網路世界的怪物」，直接找上門來的可能性應該很低。即使夏目真的接觸祐太郎了，祐太郎有辦法抓住這條線索，追溯到圭司的所在嗎？

愈想愈沒把握了。

「假設夏目傳電郵給我好了，有辦法從電郵追到夏目身上嗎？」

「只憑我們沒辦法。但如果文章提到他綁架土撥鼠先生，或『如果想要土撥鼠先生的命的話』這類暗示犯罪的內容，就可以報警。在你的電腦或手機設下機關也是一樣。只要警方行動，能得到的線索也會不同。但要追查出電郵的來源可能還是很困難，不過或許可以對『SECPAT』進行更深入的調查，也可以從銀行追查資金流向。我想舞小姐也是這個打算，才會向警方報案土撥鼠先生失蹤。」

並非準備萬全而出擊，只是無計可施，所以盡人事聽天命。只能立下覺悟，挺身對抗。

「今天我先回去了。明天再過來。」

南關掉電腦電源說。

「喔，謝謝妳。我送妳。」

「還不到八點，我一個人回去就行了。」

南用力旋轉圓凳。轉了一半還不夠，又繼續轉了一圈，這段期間似乎改變了心意，她從椅子上站起來，說：「不過，還是請你送我好了。」往門口走去。

「啊，好。」

祐太郎拎起丟在沙發上的背包，和南一起離開事務所。

從最近的一站搭上地下鐵，走出池袋，換乘私鐵。車廂擠得水洩不通，幾乎無法交談。到站下車走出去以後，也幾乎沒說上什麼話。

南的年紀，讓祐太郎不放心夜裡讓她一個人回家。還是應該讓她從這件事抽身才對吧？祐太郎走在無人的夜間道路，想著這些。

走了約十分鐘，南停下腳步。祐太郎也疑惑地停步，望向南在看的方向。

校園坐落在夜色中，另一頭看得到校舍。校門浮現「區立中學」幾個字。

「喔，」祐太郎開口。「這是妳們學校？」

「搬家以後，聽說是這所中學的學區。雖然我一次也沒來過。」

「要進去看看嗎？」

祐太郎指著校門。是可以翻越的高度。

「不用了，我又不是那種型的。」

「那種型？」祐太郎笑了。「這樣啊，是類型問題嗎？」

「你以前是怎樣的國中生？」南看著校舍問。

「我嗎？很普通啊。大腦空空的普通國中生。雖然發生過很多事，但結果就像昨天變成今天這樣，今天變成明天，明天又變成後天。我相信每一天都會像這樣永遠持續下去。」

不停地奔跑在筆直延伸、沒有岔路的大道上。這樣的時光，或許就叫做童年。若是如此，自己的童年還真是長，祐太郎想。

「你遇到了不是這樣的某一天是吧？」

「嗯，在高中的時候。」

祐太郎閉上眼睛。

燦爛的陽光。夏季的庭園。水管噴灑出來的水。淡淡的彩虹。戴帽子的少女。回首輕柔地一笑。身後搖擺的向日葵。

祐太郎張開眼睛。他沒有再說什麼，南也沒有繼續追問。

「我能做什麼？其實我覺得問題應該不在這裡。」

「呃……什麼意思？」

祐太郎看向旁邊的南。

「這半年來，我頗認真地在學程式。雖然是自學，但現在的話，或許有辦法破解土撥鼠先生的電腦。」

「真的嗎？太厲害了。」

「不，應該還是沒辦法吧。」南笑道。「可是，即使做得到的事增加了，還是沒有任何改變。」

「沒有改變？」

「我一樣是我。一樣覺得拘束極了。」

南抱住自己的肩膀，緊緊地縮起身體。祐太郎無從分辨，這是這時期的孩子每個人都擁有的青春憂鬱，或是不同的什麼。正因為不明白，他也無法草率地安慰。

「有時候我會想，如果愛莉還活著，她會說什麼。」

南放開雙手說。

波多野愛莉。「dele. LIFE」的委託人。在半年前選擇了自盡，南唯一的朋友。

「我覺得她會說，那時候不是更快樂多了嗎？兩個喪家犬成天廝混胡鬧的那時候，還比較快樂。」

「又說那種話，什麼喪家犬……」

執行委託後，祐太郎從來沒有和委託人身邊的人再有任何的接觸。祐太郎將目光從南的側臉移開，眺望夜晚的校舍。

倘若沒有執行委託，將留下資料的手機交給南，它會成為現在的南的某些支柱嗎？他們真的應該執行委託嗎？看到現在的南，波多野愛莉依然會希望委託被執行嗎？祐太郎想了一下，仍舊沒有答案。

「我想在這裡待一下。」

「咦？」

南不等祐太郎回話，往前走去。祐太郎呆呆地看了她的背影半晌，小跑步追上去，與南並排。

「我有跟妳說過嗎？我和貓一起住。牠叫玉三郎，我都叫牠小玉先生。」

「沒有，你第一次跟我說。」

「下回幫妳介紹。」

「喔。」南含糊地點點頭，望向祐太郎，就像在催促下文。

「就這樣而已。」

南的視線轉回前方，喉間「咕」地輕笑了一下，點點頭：「這樣啊。」

送南回家以後，回到自家時，已經晚上十點多了。打開玄關門，祐太郎忽然察覺異樣，屏住了呼吸。屋內安靜得異樣。室友只有小玉先生一隻貓，回家時向來很安靜。但今天的寂靜，感覺具有意志。

「小玉先生？」

祐太郎佯裝若無其事，向屋內招呼。小玉先生沒有現身，也沒有回應。這證明了他的異樣感並非錯覺。

「今天怎麼不理我？」

祐太郎裝出笑聲，沒有脫下運動鞋，躡手躡腳進入屋內。

「我馬上餵你喔。」

他在原地大聲說完後，快步經過走廊，迅速開門。室內很暗，但路燈透過紙門照進來，因此不至於完全看不見。鋪榻榻米的起居間沒有人。確認這一點後，稍微放鬆的瞬間，深處的廚房有了動靜。祐太郎驚嚇地轉頭一看，這時一團光朦朧地亮了。

「還是老樣子，一副落魄樣吶，真柴祐太郎。」

開冰箱的是個矮個男。一身廉價的西裝。男子背對祐太郎，彎身探看冰箱裡面。這是祐太郎第二次見到這個人。

「是你。」祐太郎說。

男子從未報上名字，但祐太郎從圭司那裡得知他的名字：相葉。以前在圭司的父親底下工作，專門處理麻煩事，應付一些成天找碴的股東。他也是在圭司的父親命令下，攻擊祐太郎一家人的罪魁禍首。

「我自己拿了。」

相葉舉起從冰箱取出的罐裝啤酒，關上冰箱。光熄了。傳來開罐的「噗哧」一聲。眼睛花了一點時間才習慣光線。相葉腰靠在流理台上，喝起啤酒。黑暗中看見他摻雜白髮的短髮和痘疤臉。

「小玉先生呢？」

相葉把罐子從唇上移開，輕笑出聲。

「有什麼好笑的？」

相葉揮了揮手，就像在打發祐太郎的頂撞。

「我覺得跟你老是在聊貓。」

他用揮甩的手背揩拭嘴巴。祐太郎再問了一次：

「你把小玉先生弄去哪了？」

「牠一看到開門的是我，就從門縫鑽出去溜走了。牠比你聰明多了。發現我離開的話，自個兒就會回來吧。」

「那你快滾。小玉先生還沒吃飯。」

相葉舉起手中的啤酒罐：

「啤酒還有剩呢。」

「你——」

一怒之下衝口而出的聲音意外地劇烈顫抖。祐太郎喘了一口氣，重新說道：

「你忘了你對我的家人做了什麼嗎？」

「沒忘啊。」

「那就給我滾。」

「我一天都沒有忘記過。」

相葉再喝了一口啤酒，伸長了脖子，緩慢地左右搖頭。

「那份工作就是這麼糟糕。不管是對受託的我，還是委託的那個人來說都一樣糟。我到現在都還是感到很抱歉。就因為身邊大有我這樣的壞胚子，那個人也才會鬼迷心竅。」

那個人。相葉以前的雇主。圭司的父親。

「你大可以拒絕的，為什麼答應下來？」

「那個人對我有著窮盡一輩子都無法報答的大恩。他都向我低頭拜託了，什麼事我都願意做。如果他叫我把你們一家滅門，我一定也已經動手了。」

內容駭人聽聞，語氣卻很沉靜，這削弱了祐太郎的氣勢。相葉看了看祐太郎，再次緩緩地搖頭：

「不過這與你無關。」

確實，圭司的父親和相葉之間有著什麼樣的過去，祐太郎完全不想知道。

「對，好像與我無關。」

「不過只有一件事。」

相葉從外套內袋抽出什麼來。他把啤酒罐留在原地，走近祐太郎，默默遞出那樣東西。是照片。祐太郎收下來，瞇起眼睛。可能是校慶或那類學校活動。也許是某種紀念照，上面拍到穿著制服的鈴。

「你怎麼會有這張照片？」

「你妹妹的朋友給我的。」相葉折回流理台說。「透過幾個無辜的謊言。」

「為什麼？」

「那個人拜託我的。說想要死去的女孩的照片。所以我設法弄來給他。」

圭司以前也提過，他父親有鈴的照片，但祐太郎沒想到會是這樣的照片。照片上的是「活生生的真柴鈴」，而非「過世的病患」。相葉弄到這張照片，交給圭司的父親，自己也隨身帶著一樣的照片。

「所以怎樣？」祐太郎說。「你跟你老闆都帶著鈴的照片，所以叫我原諒你們嗎？」

「如果要在原諒與不原諒之間選擇，當然不可能原諒。這我明白。我只是覺得即使只有一鱗半爪也好，你最好瞭解一下你不知道的故事。」

「什麼？」

「被害者有權利知道當時加害者在想什麼、有何感受。白話一點說，就是這樣。如果知道以後，覺得更無法原諒，那也無妨。瞭解之後，完全無動於衷，那也無所謂。萌生出與原不原諒不同層次的感情，那樣也好。」

「說穿了不就是在叫人原諒嗎？」

「不對。被害者總是希望能對真相擁有焦點正確的感情。你也是這樣吧？」

相葉以誠摯的眼神看著祐太郎。意思是，相葉自身過去也曾經是「被害者」嗎？與祐太郎對上眼後，相葉的眼神急速冷卻下來，落向地面。

「我只是希望能為那個人派上用場。」相葉看著自己的手說。

相葉看起來不像是在向自己請求原諒。他所期望的，是對自己的前老闆正當的定罪，以及對圭司的寬恕吧。

祐太郎不知道該如何回話。事到如今，就算相葉叫他原諒圭司，也只讓他覺得厚顏無恥。祐太郎在榻榻米坐下來，脫下仍穿在腳上的運動鞋。

「你也是。」

「嗯？」

「鞋子脫掉。」

「喔。」

相葉俯視腳上的皮鞋，當場脫掉。

「因為在我後面進屋的不一定會是你。」相葉說。

祐太郎抬頭：

「你是說三目？」

「三目也好，夏目也好，」相葉說，用腳尖挪開脫下來的皮鞋。「如果你打算跟人開幹，也得有最起碼的防備。你這樣簡直是開門揖盜。至少房子的門鎖應該換成像樣一點的。」

「你知道圭怎麼了嗎？他出了什麼事？人在哪裡？」

「我什麼都不知道。注意到你行動，我才發現少東失蹤了。我知道的不比你更多。」

「你見過三目嗎？」

「沒有。我知道那個人過世以後，他和少東鬼鬼祟祟在搞些什麼，但他們是為了保護那個人的名譽在行動，所以也沒有必要制止。再說，人家是天空的生物，我是地底下的生物，棲息的領域不同，無從有所交集。」

「你說注意到我行動，意思是你在監視我？」

祐太郎問，相葉「哈」地短促一笑。

「打算監視而撒下的網，等到不需要監視以後，獵物才自投羅網。該說是我傻呢，還是你傻？」

「什麼？」

「你在找少東對吧？你要辭掉現在的工作嗎？那古館那裡我替你招呼一聲。」

就連祐太郎也不禁一陣錯愕：

「什麼？古館先生？可是古館先生找我，是更久以前……」

「對。我不希望少東跟你糾纏在一起，自以為介紹了更好的差事給你，沒想到你一路衝刺到最後了。衝刺完之後，才又跑去連絡古館。」

「咦？古館先生知道多少？」

「他什麼都不知道。我只告訴他，如果把真柴祐太郎從他現在的職場挖角過去，就給他一筆報酬。雖然他完全沒派上用場，但你換工作是事實，我也只好付錢給他。」

祐太郎回想起古館那明明表情豐富，卻難以看出真實感情的歹人長相。

「太過分了。」祐太郎皺起眉頭。「原來我一直被蒙在鼓裡？」

「別說那種孩子氣的話了。你在古館那裡工作，古館也支付你應得的薪水。」

這說法很自私，但即使同樣去逼問古館，感覺也會得到完全相同的回答。

「替我謝謝他的照顧。」祐太郎說。「跟他說那裡是個好職場。」

「好。這個，多謝招待了。」

相葉喝完啤酒，把啤酒罐放在流理台旁邊，一隻手捏也似地拎起皮鞋。好像打算要走了。

相葉知道圭司失蹤，祐太郎為了找他而奔走，所以才過來告訴他這張照片的事。祐太郎猜想應該是這麼回事。他覺得好像稍微瞭解了相葉這個人。

相葉為了前往玄關而走過來，在祐太郎面前蹲下身來：

「那張照片，我可以要回來嗎？」

祐太郎猶豫了一下，把手中的照片遞給相葉。

「謝謝。」

相葉接過照片，站了起來。

「我們應該不會再見面了，」

相葉本想說什麼，似乎改口了：

「替我向貓咪道個歉。」

聽到相葉離開的聲音後，祐太郎往後倒去，手腳攤成大字形。相葉這個人，還有他的所作所為，祐太郎實在無法原諒。但另一方面，他也覺得如果今晚對相葉來說能成為一個段落，也未嘗不是件好事。

一會兒後，玄關門傳來沙沙抓門聲。祐太郎起身前往玄關迎接小玉先生。

3

隔天，祐太郎在近中午時分前往「dele. LIFE」事務所。會在這個時間前往，並沒有特別的意義，只是依照以前在那裡上班時的習慣而已。南已經在事務所裡面了。以前都是圭司坐著的位置坐著南，感覺有點奇妙。

「早。」祐太郎說。

一點都不早。

如果圭司在那裡，一定會當場這麼回。祐太郎這麼想著，正要走向沙發，注意到辦公桌另一邊的南的表情，停下腳步。

「嗯？出了什麼事嗎？」

「就是……」

南有些欲言又止，立下決心似地抬頭：

「有接觸了。」

「咦？三目嗎？」

「恐怕是。」

「這麼快？怎麼不立刻通知我？」

祐太郎說著，掏出手機檢查，果然沒有來自南的來電記錄或訊息。祐太郎收起手機，走向辦公桌。

「什麼接觸？」

「舞姊姊工作用的電子信箱收到電郵。」

「怎樣的內容？」

「沒有內文，只有一張照片。」

南說，望向連接桌電的螢幕。祐太郎繞到辦公桌另一邊，站到南的身後，螢幕上是一張照片。

「圭。」

照片裡的人深深垂著頭，彷彿脖子折斷一般，因此無法清楚地看到臉，但毫無疑問是圭司。他靠在牆邊，雙腳在地上伸直。沒看到輪椅。

「舞姊姊帶著這張照片的檔案去找警察了，但我覺得是白費工夫。舞姊姊也這麼說。」

祐太郎意會到南的言外之意。圭司看起來極度衰弱，但看不出是否受傷。不知道平時的圭司是什麼樣子的人，看了或許只會覺得有個醉漢靠在牆邊睡覺。這無法成為讓警方行動的理由。

「這裡是哪裡呢？」

祐太郎定睛細看照片。是哪裡的廢棄大樓嗎？地板和牆壁都貼著藍色磁磚，但處處龜裂脫落，露出底下的混凝土。圭司憑靠的牆壁上方有玻璃窗，但看不到外面的景色。

「光是這樣看不出來呢。」

「看得出來。」南說。

「嗄？什麼意思？這裡是哪裡？」

「回答之前，先讓我確定一下。昨天我說過對吧？行動之前應該先詳加思考。你還記得嗎？」

「啊，嗯，記得。」

「這張照片檔附有Exif。」

「Exif？」

「照片的元資料。從Exif可以看出照片拍攝的地點和時間。附帶一提，這張照片是在這封電郵寄出的四十分鐘前拍的。也就是距今約一個小時半前。」

「地點呢？」

「虎之門。」

「虎之門……」

祐太郎啞然失聲。距離這裡跑步二十分鐘就到了。

「把正確地點傳到我手機。」

祐太郎就要往門口走去。但南站起來抓住他的手臂。

「所以叫你先等一下。」

「怎樣？」

聲音因急躁而變得像在吼人。南嚇了一跳，但沒有放手，剛強地回看祐太郎。

「對不起，我不該大小聲。」祐太郎說。「可是愈快愈好，不是嗎？」

「照片居然附上Exif，這本身就很奇怪。如果要傳送照片，當然會刪掉Exif。」

「也許是忘記刪了。」

「不可能。這就像是綁匪用寫內電話以來電顯示打勒贖電話，應該解讀為是刻意的。」

「刻意？意思是這是圈套？」

「沒錯。」

祐太郎想要進一步深思，腦袋卻無法順利運轉。他覺得顯示圭在那裡的照片就是一切。

「可是，一個小時半前圭在那裡，這一點不會錯吧？既然如此，也只能去一探究竟了。就算是圈套，應該也會有什麼動靜才對。」

「至少等到舞姊姊回來吧。舞姊姊也嚴厲交代，叫我在她回來之前，把你留在這裡。」

這下就明白為何她們沒有連絡自己了。

「那是舞小姐錯了。既然對方亮出誘餌，該咬餌的時候不咬，難得的線索會就這樣斷了。」

祐太郎說，拉回被南抓住的手。

「放手。」

「那我也一起去。」

「不行。我就明說了，妳只會礙手礙腳。」

「那我也要明說，你這個連Exif是什麼都不知道的人，去了又能做什麼？對手可是三目耶！礙手礙腳？沒有我，土撥鼠先生的搜索行動應該比現在更沒進展。根本不知道接下來有什麼在等待，你卻要把一直以來派上用場的翻譯開除嗎？你是白痴嗎？」

「不管妳怎麼說，我都不能帶一個國中女生……」

「果然又是那一套。」

南對著祐太郎伸出左手食指。

「如果我是個大男人，你就會帶我一起去嗎？你在奢求什麼啊？現在你能使喚的就只有國中女生。就算是還在包尿布的兩歲小孩，如果能用的就只有那個小孩，你也應該一起帶去。我們現在面對的戰鬥，就是必須這麼不擇手段。你忘記了嗎？沒有人支援我們，也沒有援軍。」

南放開祐太郎的手，朝門口走去。

「走吧。」

「可是……」

南把門打開，回頭看祐太郎：

「你知道該去哪裡嗎？我來告訴你。」

兩人在事務所前的大馬路攔了計程車，在南的指揮下前往虎之門。南看著手機螢幕指示計程車，要司機在一個小型十字路口前停車。從事務所前面出發後，還不到十分鐘車程。

「不好意思跑短程。」南向司機道歉，祐太郎從錢包掏錢出來的時候，她裝作若無其事地指著馬路對面問：「那邊是什麼？那塊圍起來的地方。」

比周圍略低、呈平緩窪地狀的那塊土地，被黃色的鐵絲網圍繞著。

年長的司機略微彎身，從車窗看向那裡：

「喔，那一帶好像被哪家開發商整個收購了。說要蓋一棟超級大樓。應該又會冒出什麼塔啊、什麼山丘的地標大樓吧。真是，到底要蓋多少高樓大廈才滿意啊？」

老人家實在記不住啊，司機笑道，將找錢和收據交給祐太郎。

下了計程車後，南一馬當先，祐太郎跟著她穿過馬路。通行的人車都不多。祐太郎站在南的旁邊，隔著鐵絲網看裡面。鐵絲網圍起的，都是屋齡看似超過四、五十年的樓房、民宅和倉庫。故鄉的根津一帶也就罷了，沒想到商業區的虎之門還有這麼多老舊建築物群聚的一區，祐太郎覺得相當訝異。這裡被鐵絲網隔離之後已經過了多久了？土地交界的磚牆處處傾頹，許多建築物佈滿了爬牆虎，被綠意所覆蓋。在周圍高聳入雲的摩天大樓當中，那景象就宛如無力地偎成一團的一群老人。

南看著手機往前走，祐太郎跟了上去。從下計程車的馬路轉彎，進入更細小的道路。沿著圍欄走了一陣子後，南停下腳步。

「就是那裡。」

南指著圍欄內的建築物說。是被疑似倉庫的建築物與矮公寓夾住的六樓小樓房。一樓是門廳，上面各層似乎都分成三到四個房間。應該是住商大樓。倉庫和公寓都已經破敗不堪，許多玻璃門窗都不見了，相較之下，這棟大樓仍保有建築物的外觀。

「妳在這裡等我。」

祐太郎發現圍欄之間有空隙，對南說道。南按住祐太郎撬開縫隙的手。

「又要把小孩子丟下來？」

「這叫做各司其職。我進去大樓一探究竟，如果十五分鐘都沒有連絡，就表示我出事了，交給妳處理。」

南想了一下說：

「十分鐘。」

「好，十分鐘。」

南放手了。祐太郎從圍欄縫間闖進去，彎身攀上大樓牆壁，從骯髒的窗戶查看裡面。一樓只剩下柱子，一片空蕩蕩。地板和牆壁都直接裸露出混凝土。對邊有通往二樓的樓梯。靠這邊的出入口門旁有一張鐵桌，一名男子坐在折疊椅上，雙腳搭在桌面。年約三十多歲，西裝筆挺，兩耳塞著耳機，腦袋微微前後搖晃。好像在聽搖滾樂。出入口就只有這一處。男子負責監視。那麼，圭司還在這裡面。

祐太郎彎身，免得被人從窗戶看見，沿著牆壁行走。從門口進去，會直接曝露在男子面前。但男子背後的窗戶，有一道連同窗框整個不見了。祐太郎走到那道窗，抓住下緣，引體向上，無聲無息地進入建築物。男子沒發現，折疊椅往後傾，繼續搖頭晃腦。從耳機漏出來的音樂聲，連祐太郎都能聽見。

祐太郎躡手躡腳靠近男子背後。他打算出其不意抓住男子的右臂，並一腳踹倒那張搖搖欲倒的椅子，把男子壓趴在地，騎到身上，右手按住對方的後腦，封住動作。然後趁著對方混亂時，用左手解開領帶，把對方的左臂也反剪到背後，捆綁起雙手。

就在祐太郎一邊盤算一邊靠近男子，就要伸手抓住對方的右手時，樓層深處的混凝土階梯走下另一名男子。祐太郎和正在把手上的空塑膠袋打結揉成一團的男子四目相接了。猝不及防，無計可施。兩人幾乎在樓層的對角，即使要飛撲上去，距離也太遠了。祐太郎壓低身體，在椅子男背後客氣地笑，一邊點頭，一邊微微舉手招呼。

「誰？」

樓梯男問，還沒注意到祐太郎的椅子男把手伸向耳邊要摘耳機。

祐太郎雙手抓住椅子男的右手，一面用力往自己拉，一面踹開椅子。如同想像，男子的身體轉了一半，趴倒在地。但沒時間把人綁起來了。祐太郎抬起和男子一同倒地的折疊椅，從側邊惡狠狠地砸向正要爬起來的男子的頭。男子發出近似「咕耶」的慘叫聲，倒在地上。感覺這一記打得結結實實，對方應該要好一段時間才能再次爬起來，認清狀況，重新發動攻擊。另一名男子應該已經逼近身後，祐太郎打算全力甩動折疊椅砸上去。他懷著這樣的計畫回頭探看，男子卻沒有逼近的樣子。祐太郎舉著折疊椅，扭頭看背後的男子。男子沒有逼近。他一臉愣怔，站在和剛才完全一樣的位置。一和祐太郎對上眼，便浮現一種含糊的笑，就像在回應祐太郎剛才客套的笑。

「咦？你是誰？」男子問。

祐太郎有些錯愕，但事到如今也沒什麼好談的。

「噢啦——！」

祐太郎抓著折疊椅，朝男子直奔而去。叫聲不由自主地從口中迸出。男子丟開手中的塑膠袋，衝上樓梯。

「站住！」

祐太郎在樓梯底下丟下累贅的折疊椅，也跑上樓梯。彎過平台時，男子正消失在二樓。祐太郎三階併作兩階衝上樓梯，追趕男子。男子跑過各處貼磚龜裂的走廊。二樓走廊的一側並排著門板。男子攀住最裡面的門，跪下來從門底下拿起什麼。祐太郎還沒追上，男子已經開門逃進去了。祐太郎也立刻抓住門把。男子好像從裡面拉住了門，但祐太郎下死勁把門拉了開來。裡面是廁所，地板和牆壁貼著藍色的磁磚。門邊掉著男子手中落下的橡膠門檔。右邊有三個壞掉的小便斗，左邊是兩間沒了門的隔間。最裡面的一間，圭司以幾乎和照片一模一樣的姿勢靠在牆上。圭司前面放著一顆超商飯糰和保特瓶。祐太郎想起男子之前手上拿著的塑膠袋。男子剛剛把這些東西送到這裡來，這代表圭司還活著吧。

男子跑近圭司。

「圭！」

祐太郎呼喊，但圭司沒有反應。男子抱住圭司似地繞到他背後，立起單膝，左手勒住圭司的脖子。圭司變成仰身的姿勢後，祐太郎第一次看到他的臉。嘴唇破裂，顴骨一帶瘀青腫起。即使被男子粗暴對待，圭司也沒有張開眼睛，也不知道有沒有意識。他應該一直被囚禁在這裡。圭司的腳無法行動，確實一個門檻就能剝奪他的自由。背後的窗戶位置也很高，圭司的手搆不到。

「不要過來！後退！」

單膝跪地的男子右手翻開外套，摸索腰際。似乎佩戴了槍套。男子掏出四四方方的東西，抵在圭司頭上。祐太郎看出是電擊槍。

「你敢輕舉妄動，我就通電。要試試看電擊腦袋會發生什麼事嗎？」

「貼那麼緊，你自己也會觸電。」

「不會。」

祐太郎只是信口唬人，事實上就像男子說的，但男子斷定的語氣令人在意。

「嗯？」

男子的臉頰扭曲成笑容。

「我聽過那套說法，所以試過了。」男子說，勾住圭司脖子的左臂重新勒緊，和圭司緊貼在一起。「實際上根本不會觸電。」

他們應該是想從圭司那裡問出什麼。所以囚禁了圭司，並且拷問他。男子似乎樂在其中。

祐太郎一陣火大，但強自按捺下來。他瞪住男子。年約三十五，身材高大結實，但和樓下的男子一樣，看上去只是隨處可見的上班族。之所以氣喘吁吁，不是因為剛才的衝刺，而是極度亢奮的關係吧。被祐太郎逼到狗急跳牆，以及拿凶器抵住毫無抵抗的圭司，讓男子更加亢奮的是哪一邊？

「不許動啊。」

瞬間，男子將拿電擊槍的右手從脖子上放開，從外套口袋掏出手機，換到左手，打電話到某處。對方似乎接聽了。男子對著距離臉部有段距離的手機怒吼地說：

「怎麼回事？有個男人跑來了。他就在我前面。你馬上過來！」

對方的回應，男子應該也聽不見。男子只說完這些，便扔開似地丟下手機，再次牢牢地箍住圭司的脖子。

「你是誰？是這傢伙的誰？」

這是出乎祐太郎預料的發展，但對方似乎也是一樣。

「不是你們把我引來的嗎？」

「引來？什麼跟什麼？」

照片不是他們傳來的。至少這個人不知道照片的事。雖然明白了這一點，但是在這裡說明彼此的狀況也沒有意義。

「放開他。」祐太郎盡其所能平靜地說。「放開他，滾到別處去。我不會追你。只要他平安回來，其他我都不計較。」

「不許動。馬上就有人來了。在那之前不許動。看就知道了吧？這種事我不在行，也不知道你是誰，所以快嚇破膽了。因為快嚇破膽了，什麼事都做得出來。因為我沒有別招了，絕對會動手。」

聽起來也像是在給自己壯膽。從剛才的反應，也可以看出男子就像他說的，並不熟悉這類暴力行為。但他看起來對於傷害圭司不會猶豫。喜歡凌虐毫無抵抗的對象，應該是這個人的天性吧。如果祐太郎行動，感覺男子真的會按下開關。他處在極度的亢奮狀態，看起來甚至像在期待一個動手的契機。

「你冷靜下來，我們談談吧。我也坐下來。先做個深呼吸……」

祐太郎試著說服，男子尖叫打斷：

「吵死了！」

男子劇烈地喘著氣，瞪住祐太郎。

「要坐就坐，坐下，給我閉嘴！不許跟我說話！你敢再說半個字，我就動手！」

「欸……」

「叫你閉嘴！」

男子再次大叫。身體前屈，嚇唬似地朝祐太郎伸出電擊槍放電。電極之間爆出蒼白的火花。就在這時，一隻手從底下伸向男子的脖子。男子甚至來不及詫異，身體已經浮上半空中，翻轉之後被摜在地面。揪住男子的脖子把他往前甩的圭司，憑臂力抬起自己的身體壓到對方胸上，體重貫注在左肘，把男子的頭壓在地面。

「觸電的效果，不管碰到哪個部位都一樣。」

不知不覺間，男子的電擊槍落在圭司手中了。他握在右手，抵住男子的腦門。

「電流會透過神經網路流遍全身。不管是電頭還是電屁股，原理都一樣。不過……」

圭司把電擊槍從腦門移到眼前。

「電到眼睛會怎麼樣，我也不知道。視神經會被電爆失明嗎？你可以當白老鼠嗎？」

男子忍不住用力閉緊眼睛。圭司把電擊槍用力往他的眼皮鑽。

「圭！」

祐太郎大喊，跑到圭司身邊。圭司抬起頭來。如果是做好心理準備，在正式場合重新見面，彼此會是怎樣的表情？瞬間祐太郎想到這種事。但是在意想不到的狀況下，兵荒馬亂地重逢的現在，彼此的臉上浮現的，是苦笑般的笑容。

「我有一堆問題想問，不過晚點再說吧。」

祐太郎說，圭司問男子：

「我的輪椅哪去了？」

他拿電擊槍在男子眼皮上用力搓揉，就像在凌虐對方。肉體姑且不論，但圭司的精神似乎未曾投降。

「在樓上，上樓梯的地方，上去就看到了。」

緊緊閉上雙眼的男子幾乎是慘叫地回答。

「有幾個人守著這裡？」

「只有我和被他幹掉的另一個。是真的。」

確實，如果還有別人，男子就不會打電話，而是大聲叫人吧。

「我去拿輪椅。」

祐太郎衝出廁所，跑向樓梯。他探頭看了一下樓下，但剛才倒地的男子沒有要上樓的樣子。祐太郎前往樓上。就像男子說的，一下子就找到輪椅了。輪椅結構堅固，但造型簡約，連協助用的把手都沒有，因此搬運起來相當容易。祐太郎雙手抬著輪椅下樓，全速推向廁所。

兩人以相同的姿勢待在原地。祐太郎把輪椅放在圭司旁邊，伸手要扶他，圭司把電擊槍塞進那隻手。

「這傢伙交給你。」

祐太郎接過電擊槍，把男子的身體翻過來，騎到他背上，把手反折到背後。男子發出「咕」的叫聲。圭司把位置讓給祐太郎，滑落似地離開男子身上，手撐在身後抬起上半身。

「他剛才叫了救兵不是嗎？我們快走吧。」

祐太郎鬆開男子的領帶，將他的手腕反綁在身後說。

「不，我找他同伴有事。」

圭司僅憑臂力坐到輪椅上，用手抬起雙腳，放到腳架上。

「改天再來比較好吧？」

「相反。拖太久反而麻煩。」

祐太郎本來要反駁，但打消了念頭。既然圭司這麼說，表示兩個人就能應付。

圭司稍微理好凌亂的服裝，簡單地攏攏頭髮。臉上傷痕累累，憔悴不堪，衣服也破爛骯髒，但絲豪不顯軟弱。過往那個大無畏的圭司就在那裡。目光差點對上，祐太郎搶在那之前轉移了視線。要是再次對望，這次他可能真的會笑出來。男子被按在地板上，看著兩人。祐太郎拿電擊槍在男子面前爆出火花。男子輕叫一聲，閉上眼睛。

「這傢伙是什麼人？三目的部下嗎？」

圭司正要回答，樓下傳來人聲。

「走吧。」

圭司推動輪椅的手扶圈。祐太郎放下電擊槍，讓男子站起來，和圭司一起走出廁所。經過走廊，圭司在俯視樓梯的位置停下輪椅。祐太郎讓男子對著階梯跪下，自己站在身後。帶著緊張感的人聲朝階梯湧來。和祐太郎猜測的不同，來的似乎不只一兩人。

「呃，真的沒問題嗎？」祐太郎問旁邊的圭司。「好像來了一大票耶。要回去撿電擊槍嗎？」

「沒事的。你默默站在那裡就行了。」

鞋聲上樓來了。五名男子出現在平台。先前聽耳機的男子在最後面。他按著被祐太郎毆打的太陽穴，怨恨地仰望著他。每一個都穿西裝打領帶，沒有半個熊腰虎背或殺氣騰騰的傢伙，不管怎麼看都是一群普通的上班族。

「救兵來了嗎？」

領頭的男子打量地看了看祐太郎，視線轉向圭司。年近五十，穿著灰西裝，配格紋藍領帶。

「我可沒聽說你有夥伴。你不是個孤狼嗎？」

「是你誤會了。別看我這樣，我可是朋友滿天下。」

嗄？祐太郎差點怪叫，勉強忍住了。

「在社群網站散播假新聞的也是那邊那位朋友嗎？」

男子用下巴朝祐太郎努了努。

「假新聞？」圭司嘲笑地說。「他才沒那麼機靈。」

「啊……其實……」祐太郎出聲。

圭司驚訝地仰望祐太郎，祐太郎點了一下頭。

「社群網站？」圭司問。

「說來話長。」祐太郎回答。

「這樣啊。」男子半帶嘆息地點點頭，問：「往後你怎麼打算？」

「我已經說過了。時間一到，你們公司的帳冊資料會自動同時傳送出去。大概還剩十四小時吧。或許你們不怕檢警吧，會計監察院也不是問題嗎？那大報社呢？那邊也打點好了嗎？電視台、網路論壇、市民團體，還有日本律師聯合會、無國界記者組織、日本外國特派員協會那些。亂槍打鳥，真不好意思啊，我想到什麼，全都列入發送名單了。」

圭司說「你們公司」，所以這些人是「SECPAT」的員工吧。那麼在說話的藍領帶男子是樋口健也嗎？長得一點都不像新加坡的財經分析師或巴西的餐廳老闆。下巴有些寬闊的圓臉上，有著一雙不平衡的飛揚強勢眼睛。

「住手！夏目會成為輿論的俎上肉。萬一演變成那樣，會有什麼後果？夏目會拋棄這個國家。只是拋棄還好，就我觀察，夏日在無意識之中憎恨著這個冷落傑出技術者的國家。萬一夏目懷著這樣的憎恨，投奔其他國家怎麼辦？這不僅僅是國家利益受損層次的問題，日本會無法在網路空間生存的。」

背後的男人們同意地點頭。樋口語氣熱烈地又接著說：

「我不知道你和夏目之間有什麼過節。夏目是那種人，你會恨他，我也不是不能理解。我也不喜歡那種傢伙。可是你就不能再想想嗎？就不能不要把夏目當人看，而是把他當成武器，重新評價他的能力嗎？夏目是性能出類拔萃的尖端武器。如果日本不留著他，就會落到其他國家手裡。所以日本才要挽留他。為了讓這個國家生存下去，非這麼做不可。」

樋口踩上階梯，似要走近。圭司舉起手掌制止。樋口露出有些受傷的表情收回了腳，維持熱烈的語氣繼續說下去：

「站在國家戰略的角度來看，網路空間和過去的四大戰場，海、陸、空、太空截然不同。你也知道吧？那是國民看不見的戰場。在無人監視的暗處，什麼樣卑劣的事情國家都做得出來。在那個空間，沒辦法像憲法前言寫的那樣，信賴愛好和平的各國人民的公正與信義。要是這麼做，日本一眨眼就會被其他國家鯨吞蠶食。日本為了在第五個戰場倖存下去，夏目的力量是現在所不可或缺的。求求你，回心轉意吧！」

圭司嗤之以鼻：

「拷問和勸說，次序反了吧？我的條件還是一樣。」

「你是個聰明人，拜託你跳脫個人的框架，為大局著想吧！這不是你我這種個人的問題，而是日本這個國家和生活在日本的全體國民的危機。」

「國家和全體國民的危機？」

「沒錯。」

「關我屁事。」

圭司冷冷地說，樋口狠聲惡氣：

「你這樣還配當個日本人嗎！」

樋口的怒吼響遍整幢廢棄大樓。其他男子也以滿含灼熱憤怒的眼神仰望著圭司。圭司滿不在乎地承受這一切。

「叫夏目站上檯面。把『SECPAT』的社長從你換成夏目也行。設立別的組織，讓他當那裡的代表也行。把他拖出光天化日之下。只要同意這個條件，我就把資料刪除，不傳送出去。」

圭司偷出「SECPAT」的帳冊資料後，要求他們讓夏目站出檯面，並恐嚇如果不從，就公開帳冊資料。他們綁架圭司，設法要他刪除資料。祐太郎理解到敵人不是夏目，而是「SECPAT」。

「夏目不想這麼做。要是逼他，他會逃走的。和資料曝光是一樣的。」

「官員的工作就是想辦法吧？」

「你為什麼要這麼做？讓夏目曝光，對你有什麼好處？」

「與你無關。」

祐太郎明白箇中理由。過去夏目在圭司和祐太郎都不知情的情況下，操縱兩人相遇，使彼此的過去交錯在一起。那宛如只有他一個人屬於不同次元的做法，讓圭司氣憤不已。

不——祐太郎想。

如果只關乎自己一個人，圭司應該不會動怒。就因為圭司把夏目這個人帶來，導致祐太郎不期然地面對過去的事件。夏目透過圭司的一舉一動，觀察發展。對夏目的憤怒，以及對祐太郎的歉疚——這次的風波就是肇因於此。這是除了祐太郎、圭司和夏目以外的人，絕對無法理解的內情。

樋口在樓梯底下仰頭望天。

「不可能妥協嗎？」

「什麼妥協，這事與你根本就無關。」圭司說。「我要找的是夏目。但因為沒有直接交談的管道，所以透過你。叫他別躲在暗處，鬼鬼祟祟的以妖怪自居，滾出光天化日之下來。你只要這樣轉達夏目就行了。」

樋口目不轉睛地仰望圭司：

「你跟夏目很像。」

「什麼？」

「只跟自己看得上眼的對象打交道。倒不如說，你們不認同的人，對你們形同不存在吧？不是零就是一。和夏目一個樣。」

圭司冷哼一聲，就像聽到了什麼無聊的笑話。

「真沒辦法。又得重新來過嗎？」樋口疲憊地說。

「重新來過？」圭司反問。

樋口回頭，和背後四人交換眼色。四人行動了。兩人取出電擊槍，一人取出短棍。是拉開前端，就會變成三十公分長的警棍。戴耳機的男子取出像噴劑的東西。似乎是催淚瓦斯。

「喂喂喂。」圭司吃不消地喃喃道。

「呃，圭，」祐太郎小聲問。「我確定一下，這也在意料之中嗎？」

「他們全是中央政府出身的前官員。」

「呃，所以？」

「我以為他們只敢對毫不抵抗的對手強勢。」

「呃……那現在怎麼辦？打電話報警？」

圭司一臉厭惡地看祐太郎。

「不是，如果還有別招，當然用別招啊。」

樋口取出伸縮警棍。棍子一甩，變成了五十公分長，就彷彿以此為信號，五名男子爬上階梯來。

「電話。」圭司說。

「咦？」

「報警。」

「啊，好。」

祐太郎慌張地拿起手機，這時原本一直乖乖跪在前方的男子突然全身衝撞上來，讓祐太郎失手弄掉了手機。男子雙手被綁在身後，一頭撞過來。男子背後，手持電擊槍的人跑上樓梯逼近而來。祐太郎閃開衝過來的男子，迎面對上電擊槍男子。祐太郎抓起在旁邊趔趔趄趄的男子手臂，拉過來當擋箭牌。一道「哇」的慘叫聲，男子當場頹倒。祐太郎抓住電到自己人、瞬間定住的男子手臂，扭轉關節搶下電擊槍。鑽過揮向眼前的警棍，從膝蓋一個滑行，把電擊槍按在男子大腿上。持警棍的男子無聲無息地倒下。

轉頭看圭司，他正扭起另一名持電擊槍的男子手臂，搶下電擊槍，按在屁股上電擊對方。戴耳機的男子早已被擊退，倒在輪椅旁邊。沒聞到異味，看來甚至來不及使出催淚瓦斯攻擊。祐太郎見狀，正咧嘴一笑，這時樋口從背後攻擊圭司。

「圭！」

圭司發現了，但無暇閃避。警棍從背後重擊肩膀，圭司連同輪椅整個往旁邊翻倒。

祐太郎急忙要救援，但樋口快了一步。

「不許動！」樋口厲聲叫道。

樋口跪地，左手按住圭司的頭，揮起右手的警棍。祐太郎停下動作。圭司的身體也放鬆了。樋口高舉警棍，對圭司說：

「審問重新開始。無論如何非要你說出阻止資料傳送出去的方法不可。時限還有十四個小時嗎？就算手法變本加厲，也別怨我。一切都是你自找的。」

勝負已定。每個人都這麼認為，一陣虛脫。祐太郎也無法想像接下來會有什麼發展，瞬間思考停止了。就在這空白的瞬間，樓下響起突兀到極點的聲音：

『好的，那麼現在就以直播方式來帶領大家，南南廢墟漫遊！大家知道這裡是哪裡嗎？這裡居然是虎之門耶！一定嚇到了對吧？今天我們特別取得地主同意，讓我們拍攝直播……才怪呢，是擅自闖入。所以趁著還沒被逮到之前，快點深入探索吧！好的，我們要從這邊的樓梯上去二樓……』

南拿著手機，踩著輕盈的步伐出現在樓梯平台。在這之前，沒有任何人出聲，也沒有人動彈。她的登場就是如此格格不入。

「咦？咦咦咦？這是在拍電影還是幹嘛嗎？啊，你們有取得同意嗎？不好意思，這是現場直播，不方便露臉嗎？啊，那鏡頭先拍一下天花板……」

南把手機鏡頭轉向天花板。直到這時，才總算有幾個人伸手遮住自己的臉。

「妳是誰！」

被祐太郎搶走電擊槍的男子大喝。

「跑來這種地方……」

「住手。」

樋口說，望向南。手裡的警棍還高舉著。南愣怔地回看樋口。片刻之間，樋口似乎已經設想了幾個可能性：南真的是毫無關係的第三者的可能性、是圭司的同夥的可能性、直播是真是假的可能性、周圍有無其他同夥的可能性。

樋口的決定很迅速。

「走！」

他放下警棍簡短下令，扶起倒在附近的男子開始下樓。其他人也跟著下去。

「啊，不好意思喔，我不是故意打擾的。那個，臉可能直播出去了，這邊也對不起喔。你們也是擅自闖進來的嗎？」

南對擦身而過的男人們說。男人們不理她，魚貫下樓。

「喂！」

圭司倒在地上，只抬起頭出聲。樋口停下腳步，其他男子也停步仰望圭司。

「條件依然有效。還有十四個小時。」

樋口一語不發，繼續下樓。其他男子也跟著離去。南放下對著天花板的手機，身體探出扶手，確定他們都離開了。南維持這個姿勢一會兒後，渾身虛軟地當場癱坐下來。

「他們是誰？看起來不像三目。」

南屁股貼坐在樓梯上，仰望祐太郎。

「妳真的是救命恩人。」祐太郎笑道。「不過妳就沒想過像普通人那樣報警嗎？」

「我打電話報警了，可是可能說明得不好。我說有一群看起來凶神惡煞的人走進廢棄大樓，警察就說晚點會派警車去巡邏，叫我不要靠近，感覺不可能及時趕來。」

「這樣啊。」

祐太郎苦笑，當場丟開一直握在手裡的電擊槍，將倒地的輪椅重新抬起。這段期間，圭司以臂力撐起上半身。不用別人幫忙，便坐回了輪椅。

「啊，她是……」

祐太郎正要介紹，圭司打斷他點點頭：

「我記得。堂本南。寫些自以為是的程式的國中生。」

南嘔氣地看了圭司一眼，表情沉了下來：

「看起來好痛。真的不用報警……」

「沒用的。我也非法侵入了他們的系統。對方也清楚彼此都沒法找警察幫忙。」

「那……」南想了一下，對兩人笑道：「回去事務所吧？」

「回去？」圭司看祐太郎。

「就說來話長啊。」

「更重要的是，你怎麼會出現在這裡？」圭司問。

「喔……你不是留下資料嗎？我從那些資料，加上舞小姐和小南的幫助，唔，透過許多線索……」

圭司舉手制止祐太郎的說明：

「我留下資料？什麼跟什麼？」

「資料啊，那台新的筆電裡面裝的資料。」

祐太郎說到這裡，南手上的手機響了起來。看到螢幕顯示，南蹙起眉頭：

「不認識的號碼。」

「接。」圭司說。「八成是找我的。」

「什麼？」

「接就是了。」

在圭司催促下，南滑動畫面。她沒有拿到耳邊，而是以擴音接聽。

「喂？哪位？」

『圭在那裡嗎？』

在廢棄大樓中響起的聲音十分不可思議，是祐太郎從來沒聽過的音質。以男聲而言有點高，以女聲而言有些粗，感覺不像任何一種性別，只留下柔軟的印象。
「對，我在。」圭司從樓梯上出聲。「好久不見了，夏目。」
「什麼？」南出聲。「三目怎麼會知道我的手機號碼……」
看到南的視線，圭司搖搖頭。不是指不知道，看起來像是在表示這根本不是問題。
『你好像被整得滿慘的。』
雖然聽不出是在撫慰還是調侃，但語氣親暱。
「說得好像你親眼看到一樣。」說完後，圭司點點頭。「喔，你看到了是嗎？透過他們之中某人的手機？劫持了相機鏡頭。」
『也拍了你的照片。雖然拍得不太好看，不過派上用場了對吧？真柴祐太郎。』
「啊，那舞小姐收到的那封電郵……」
祐太郎望過去，圭司點點頭。
「你說我留下的資料也是。那不是我留的，是夏目幹的吧。」
對祐太郎說到這裡，圭司不悅地揚聲說：
「你自以為在拯救我嗎？要我向你道謝是嗎？他們明明就是你的同夥。」
『同夥？你這話要是真心的，我實在很受傷。』夏目帶笑地說。『那是他們趁著我不知道的時候任意胡搞的。都怪你沒事玩火。要是我置之不理，你已經沒命了。畢竟他們對我非常專情。』

「你跟那種人聯手想做什麼？」

『肩負起日本網路安全政策的最前線。』

「你哪裡是這種人？」

圭司說，夏目輕快地笑了：

『這只是名目。我好奇的對象永遠都是人。和那時候一樣。人靠著攝取資訊而活。餵食某種資訊，人會變成什麼樣子？會成長、老化、肥胖，還是生病？我只是想要知道這些。在這方面，我們利益相投。』

「跟樋口健也利益相投？」

『樋口健也只是個窗口。不過，對，在「SECPAT」裡面，只有他一個人瞭解真正的成立意義。他們真心相信那家公司是為了貢獻日本網路安全政策而設立。』

「難道不是嗎？」

『憑什麼我非做那種事不可？透過「SECPAT」，我接到的委託，其實是輿情操作。』

「輿情操作？」圭司反問，想了一下。「意思是……將輿論誘導到對政權有利的方向嗎？」

『不，我是在協助輿論形成，以打造出正確的愛國者。』

「正確的愛國者？」

『何謂國家？何謂國民？要怎麼做，才能實現國家當中最大多數的最大幸福？在高度的邏輯層級思考這些，做出決定。據說這就是真正的愛國者。』

「什麼跟什麼？」圭司冷哼。

『也沒那麼荒謬喔。』夏目說。『考慮到這是來自權力機關內部的發想，這個定義並不壞。培育能以中長期的觀點、邏輯性地探討問題的國民，而非跟著瞬息萬變的風向和感情隨波逐流。唔，姑且不論定義的是非，在菁英的控制之下，讓國民自己形塑出所謂的國民榜樣，這樣的嘗試不是很獨特嗎？』

「做為社會實驗或許很有意思，但你想做這種事，一個人去做就是了，何必跟國家權力掛勾？」

『國家權力最大的魅力在哪裡？』

「金錢？」

『是法律。在國家的名義之下，任何行為都是合法的。這一點意外地方便。』

「你變了。我認識的夏目，打死也不會跟國家權力廝混在一起。」

『你不喜歡我跟他們聯手呢。我瞭解你的心情。我也不喜歡你跟祐太郎在一起。』

「什麼？」

『嫉妒。比起我這個資訊，真柴祐太郎這個資訊，更劇烈地改變了你。人會嫉妒比自己這個資訊擁有更強影響力的資訊。』

祐太郎忍不住插口：

「人才不是什麼資訊。我不是，你也不是。」

『對真柴祐太郎來說，真柴祐太郎並不是資訊。這是正確的。但是對坂上圭司而言，真柴祐太郎是資訊。在圭的面前，你就是傳播出你這個資訊的有機裝置。』

祐太郎想反駁但圭司扯了扯他的手。他向祐太郎搖搖頭像在說別理他，開口：

「但最早設計他過來找我的，就是夏目你自己吧？」

『是啊。不過那和嫉妒心是兩碼子事。』

「你就是躲在黑暗中看世界，才會變得那麼扭曲。出來外面吧。讓全世界看清楚你是個怎樣的人、擁有多大的才華。」

圭司說得嘲諷，但話中聽起來卻帶著真情。或許圭司會想要把夏目拉出檯面，不單純只是因為對他的做法感到憤怒。祐太郎感覺，圭司對夏目有著複雜的感情。

『出來……？』夏目說。『你什麼時候開始覺得自己屬於外面了？這果然是祐太郎的影響呢。』

「扯什麼無聊的話。」

『不過你錯了。你和祐太郎不一樣。你是裡面的人。這不是任何人都擁有的資質。你注定是屬於這裡的。要不要再一起合作？這次換我來挖角你。』

「幫你塑造輿論，好打造出正確的愛國者？」

『沒錯。』

「比方說做什麼？」

『比方說，是啊，假設有個出差海外的平凡上班族，不幸遭到當地的武裝勢力殺害，首先會出現的，是平凡無奇的爭論。即使錯在武裝勢力，但發生了這種事，誰該負責？政府嗎？公司嗎？被害者自己嗎？』

「喔。」

『這時，出現了一個意見。任何立場都行。但重要的是提出這番無懈可擊意見的人，是一般認為知識水平並不算太高的人物。譬如說，平日只會針對時尚或流行文化發表言論的年輕女孩，站在保守立場提出了硬派且一針見血的言論。』

「咦？MIHARU嗎？」南喃喃道。

『這會引發兩種現象。一是一直以來都迴避這類嚴肅話題的一群人會受到刺激。那個人都對此發言了，自己是不是也可以發言？既然他說的聽起來這麼頭頭是道，或許自己的想法意外地也不算離譜？是這樣的自以為是。另一個則是對原本積極討論這類嚴肅話題的一群人造成刺激。原本以為在知識水平上顯然比自己更低落的人實際一發言，內容居然切中事理，令人訝異。既然如此，自己也必須提出更勝於此的、高度而洗練的論述才行。是這樣的壓力。自以為是與壓力相互激盪，會生出什麼？』

「從根本提高議論的水平？」圭司說。

『當然沒那麼容易。目前完全停留在對女生意見的正反議論上。不管再怎麼自以為是、受到多大的壓力，人都不可能一下子提升自己的知識水平。但比起嘲笑低水準的人，將之一腳踹開，這樣的討論更有生產性多了，也會有更多的國民看到這樣的演變。』

「請等一下。」南出聲插口。「MIHARU不是你的同伴吧？那，那篇文章……那篇文章真的是MIHARU自己的發言嗎？如果是你盜用MIHARU的帳號，假裝成她的發言……」

『沒錯，那篇文章是我寫的。』

「那MIHARU呢？後來MIHARU的網站就戰成一團，本人也停止更新了。莫名其妙遭到大批網友出征，那MIHARU……MIHARU她沒事嗎？」

『很遺憾，MIHARU應該再也不會更新她的網站了。』

「難不成……她死了嗎？自殺？」

「果然！」祐太郎怒吼。「你就是這種人是吧？就算MIHARU死了，跟你也沒關係？只要是為了你高尚的好奇心，一個年輕女孩的性命根本毫無價值？你對MIHARU瞭解多少？」

『那你又瞭解多少？MIHARU是怎樣的人？』

「小南告訴我之後，我就去看了MIHARU的社群網站。她在地方都市的小學教舞蹈，以站上大舞台為目標。她喜歡時尚，想要把自己覺得很酷的東西和大家分享，是這樣一個女孩。她最期待偶爾休假可以去東京玩，是個很純粹、很努力的女孩。」

『你對MIHARU真的很瞭解呢。』

「只要有看她的網站，都能看出這些。」

「不。」南低聲呢喃。「看不出來。光是這樣看不出來。」

「看不出來？」

祐太郎反問。但南似乎沒聽到他的聲音。南用力握緊手機問：

「根本沒有什麼MIHARU。從一開始就不存在這個人。就是這樣嗎？MIHARU的帳號根本是你開的，MIHARU是虛構的管理員？」

「咦？」

祐太郎驚叫，但夏目沒有回答。他知道這意味著肯定。

夏目不理會祐太郎，繼續說下去：

『當然，這只是小小的一例。不過用這種角度去看，日本是個理想的實驗場地。除了各領域的部分意見領袖以外，幾乎所有的資訊，都以日文這種只適用於區域的語言傳播。可以在噪音不多的環境裡觀察資訊的影響力。』

「就算是這樣，」圭司說。「感覺也不是多有意思的工作。」

『言論的場域，主軸正逐漸從大型媒體轉移到社群媒體。在社群媒體，中心會暫時分散，然後集結，又瞬時分散。人類開始追求各自吃起來口感愉悅的飼料。在某個地方，糞土被當成金錢崇拜，在別的地方，金錢被視為糞土嫌棄。即將迎接一個沒有人經驗過的時代。我想和圭一起觀賞這個時代。』

「你只是想觀察看著這個時代的我。」圭司不屑地說。「不好意思，別看我這樣，我好歹也是一家公司的社長，有員工要養。」

電話傳出彷彿深為失望的嘆息聲。

『你要回去？就算回去也只是無聊。你已經充分接觸真柴祐太郎這個資訊了。即使回去，也不會再像之前那樣快樂刺激了。或是你要在停止變化的怠惰時光裡，度過懶洋洋的餘生？』

「不用你管。」圭司說。

『我等你。』夏目說。『只要你開口，我可以立刻跟他們切斷關係。如果你有那個意思，就關掉「dele. LIFE」的網站。就把它當做信號吧。我會去接你。』

「我也會等你。」圭司說。「『dele. LIFE』不會關掉。如果你受夠了現在的夏目直，隨時可以來委託我。等你死了，我會負起責任，幫你把夏目直刪除掉。」

手機沉默片刻。原以為掛斷了，結果不是。手機傳出呵呵笑聲。抬眼望去，圭司也露出豁達的微笑。

「啊，對了，因為我討厭那夥人，」圭司說。「如果他們不依照我預告的，在十四個小時以內把你拉出檯面，那些資料會如同一開始決定的，同時傳送出去。」

『那是他們的問題。我無所謂。』

「對你來說，他們只是窗口嗎？」圭司說。

對此，手機沒有回應。

「啊，咦？」南出聲，把臉湊近手機螢幕。「掛斷了。好像掛了。」

「我也沒什麼好說的了。」圭司說，拍了一下祐太郎的手臂。「回去吧。」

回程的計程車裡，圭司大致說明了先前的經緯。

圭司以帳冊資料為把柄要脅，樋口便傳訊息說：「我讓你見夏目，你自己說服他。」圭司一個人前往位於六本木的「SECFAT」公司，沒想到在公司裡被綁起來，接下來人被送到那棟廢棄大樓，遭到形同拷問的審訊，逼他說出要怎麼做才能阻止資料被傳送出去。

「你們是在聊電影還是電視劇情節吧？」

計程車運將看著後照鏡害怕地問。

「當然啦。」圭司應道。

在「dele. LIFE」的事務所，舞正心急如焚地等待祐太郎等人回去。對於圭司平安歸來，她隻字未提，叫三人一字排開，叉開腿站在前面。

「居然把我一個人撇下，到底是在搞什麼？最起碼也該打通電話報告吧？」

「我的手機被拿走了。」圭司說，看祐太郎。

「啊，我的手機壞了。」祐太郎說，看南。

「我的手機一直在忙。」南說，低頭行禮。「對不起。」

舞長篇大論了一番，說明工作上「報告、連繫、討論」有多重要，以及身為一個人應有的常識，然後氣呼呼地回去樓上事務所了。

圭司苦笑著目送她的背影，推動輪椅手扶圈到辦公桌前，把手伸向桌上的筆電。

「這就是你說的筆電？」

「對。」祐太郎點點頭。「舞小姐和我都以為一定是你留下的訊息。」

圭司打開筆電，看了一下螢幕，很快就「啪」一聲闔了回去，從桌面上稍微推開。

「又把你牽扯進來了，抱歉。」

這一點都不像圭司會說的話，讓祐太郎有些驚訝。

「你的目的到底是什麼？」祐太郎問。「其實你也清楚這條路子沒辦法通到三目那裡吧？不管怎麼逼那夥人，三目也不會現身。這樣你的目的達成了嗎？」

「我只是想埋怨一句。」

「就為了這個目的，做出這麼誇張的事？」

祐太郎追問，圭司望向自己推開的筆電：

「而且我也想說對他說句話。」

「什麼話？」

「我在看著。」

「看著？嗯？告訴三目？」

「三目？」

圭司苦澀地笑了。祐太郎發現圭司從來沒有用「三目」稱呼夏目。

「嗯。柳井說他是棲息在網路世界的怪物。」

「這樣啊。」圭司輕輕點頭說：「創造出怪物的，不是本人超人的才華，也不是強大的權力帶來的壓力。」

「呃……那是什麼？」

「是孤獨。」

「孤獨……」祐太郎說。

「我覺得如果置之不理，總有一天他真的會變成怪物。」

圭司為了想埋怨一句，尋找夏目，得知了夏目的現況。所以他告訴三目：「我在看著。」所以他才會向祐太郎道歉：「把你牽扯進來了。」祐太郎如此理解。

「他聽到了呢。」

「那就好。」

「放心，你的話他聽到了。」

祐太郎激動地說，圭司對他輕笑點頭，說：

「今天你們先回去吧。我也要洗澡睡覺了。實在是累了。」

「啊，說的也是呢。」

祐太郎催促南往門口走。先讓南出去以後，祐太郎回頭環顧事務所。沒有一絲陽光的混凝土房間。沙發。書架。辦公桌。辦公桌前的圭司。

四目相接，圭司微微側頭，像在問「怎麼了」。祐太郎搖頭表示沒事。圭司將視線從祐太郎身上移開，潦草地甩了甩手，像在趕人。祐太郎苦笑，離開事務所。

隔天凌晨，警方和檢調單位等行政部門，以及大型媒體等其他各種團體，都收到了「SECPAT」的帳冊資料。寄件人不明。不待查驗資料真假，同一天早上，「SECPAT」社長樋口健也和五名員工便主動向警方投案。他們自承欺騙了中央政府許多機關，詐取了鉅額資金。

「警方開始蒐證調查，準備起訴。」祐太郎在桌電上看到新聞快報，問：「三目往後會怎麼樣？」

「不會有任何不同吧。」

正在拍籃球的圭司朝著畫在門上的圓框投籃。

「只會另外打造新的管道送錢給夏目。」

「這樣啊。說到底，雇用三目的究竟是誰？」

「天曉得，我不知道。」

圭司撿起籃球，強而有力地拍動說。

「或是接近權力中樞的人在商議的過程中，自然而然形成的計畫。」

「這些人是揹起了莫須有的罪名嗎？」

媒體報導是一群前菁英官員設立公司，瞄準中央政府下手，詐取了鉅額資金。等於是爆出了一樁史無前例的鉅額詐騙案。這則新聞應該會吵上好一陣子。

「他們應該早就計畫好如果發生萬一，就要棄車保帥吧。聲稱遭到詐騙的金錢用途，應該也已經編造得前後相符。看來國家打算徹底隱瞞夏目的存在。」

圭司再次投籃後，丟下撞擊牆壁的籃球，轉動輪椅扶手環回到辦公桌。祐太郎離開辦公桌，撿起掉在地上的籃球。

「對了，擺飾品的柳井應該也會被視為共犯逮捕。」圭司說。

「咦？這樣嗎？」

把圓凳子搬到事務所角落，無所事事地坐在那裡的南出聲：

「那樣小優太可憐了。柳井會被判多重的罪？」

「只是讓錢過他那一手而已，應該不會太重。應該要看他從那裡拿了多少吧？」

回答南之後，圭司問祐太郎：

「對了，那個女生怎麼會在這裡？」

南偏頭指著自己，就像在反問：「是在說我嗎？」

「啊……」祐太郎交互看了看南和圭司，說：「我答應她可以暫時留在這裡。喏，搭救你的時候，她幫了很大的忙。

「這樣說未免太賣弄人情了。」

「也不是這樣……」

「那她直接的老闆算你嗎？」

「啊……嗯？」

「我們這種正經公司不雇用童工。」

更基本的是，自己現在是什麼立場？祐太郎本來要這麼問，又打消了念頭。一定只會得到圭司一聲嘲笑的冷哼。

「呃，如果要雇小南的話，咦？是我要付薪水嗎？」

「供應每天的午餐和點心就可以了。」南立刻舉手說。

「午餐和點心。啊……好喔，沒問題。」

祐太郎向南用指頭比了個圈，問圭司：

「這樣行嗎？」

「隨便你。」

那不高興的口氣不知為何讓祐太郎莫名好笑，他忍不住笑了起來。為了掩飾笑容，他轉身背對圭司，拍起籃球。

忽地，他想起夏目的話：

『即使回去，也不會再像之前那樣快樂刺激了。或是你要在停止變化的怠惰時光裡，度過懶洋洋的餘生？』

「我說，圭，要是你覺得我果然還是很沒用，隨時都可以叫我走路沒關係。」

「廢話，這還用你說？」圭司冷漠地應道。

「喔，是喔。那麼……總之我回來了。」

他以為最後一句話當然會被當做沒聽到。沒想到圭司瞥了祐太郎一眼，立刻又望向電腦螢幕，點了一下頭回應：

「嗯。」

這次笑意實在是掩飾不過去了。祐太郎向圭司點點頭，背過身子，朝著門上畫的圓拋出了球。

Stand Alone

孤立

```
// After
private void Method()
{
   throw new Exception(nameof(Method));
```

這種感情該怎麼稱呼？祐太郎拿捏不定。就連能否稱為感情都不清不楚。只是胸口深處悶悶的，屁股癢癢的，情緒莫名躁動難安。

與其說是感情，更接近感覺。

祐太郎躺在沙發上，用手機瀏覽著不怎麼感興趣的網站，呆呆地尋思著。

一開始他以為是因為還不熟悉事務所的關係。畢竟中間有著超過四個月的空白，會覺得怪不自在也是當然的。但似乎也不是這個原因。他覺得這種感覺似乎在哪裡經驗過，但喀噠喀噠聲實在太刺耳了，讓他試圖回溯記憶的意志都萎靡了。

祐太郎抬高雙腿，利用反作用力撐起身體，環顧事務所裡面。

圭司坐在辦公桌前，南坐在牆邊的圓凳子上。小茶几是誰搬進來的？昨天早上祐太郎到事務所的時候，茶几就已經在那裡了。南把自己的筆電放在上面，盯著螢幕敲打鍵盤。事務所裡只有無機質的聲音作響著。

祐太郎用力把頭亂搔一通，並試著打了個哈欠，但徒勞無功。圭司一個人的喀噠喀噠聲還好，南一個人的喀噠喀噠聲也還好，但兩人份的喀噠喀噠聲重疊在一起，頓時變得刺耳極了。不是因為聲音變多了，而是因為兩邊的節奏不一致，教人心煩意亂。感覺就像被迫同時聆聽不同種類的音樂。

「我說啊……」

祐太郎出聲。兩人都沒有回應。祐太郎默默等待反應。

「什麼事？」

隔了老半天，南回話了。圭司終究沒有搭理。兩人的眼睛依舊盯著螢幕。

疏離感。祐太郎想到了。從剛才開始的胸悶感、屁股癢，就是疏離感。因為長久以來遠離了團體生活，這對祐太郎來說是久違的感覺。

「三個人待在狹小的事務所裡面，已經一個小時完全沒有對話了，這不是太奇怪了嗎？」

又沒有回應了。

「對話。」一會兒後南應道。「需要嗎？」

「不，這不是需要不需要的問題，而是自然不自然的問題。這很不自然吧？這樣默不吭聲，喀噠喀噠響個沒完。」

「事務所這麼小，真抱歉喔。」

圭司低聲說。

祐太郎正想反問這是在說什麼，發現自己是被挑語病了。

「沒有啦，我不是那個意思……」

「鍵盤換成靜音的比較好嗎？」南說。

兩人連頭也不抬了。祐太郎連抗議「不是那種問題」的意願都沒了。他死了心，正準備繼續躺回沙發，這時響起土撥鼠醒來的聲音。他幾乎是反射性地站起來。

回到「dele. LIFE」第三天。昨天和前天，土撥鼠都沉睡著。所以對祐太郎來說，這是久違的聲音。離開事務所前，和圭司一同合作的諸多委託記憶浮現腦海。和同樣看向土撥鼠的圭司對上眼了。由於只有一瞬間，他不知道圭司在想什麼，但祐太郎覺得凝固的時間總算又動了起來。

圭司轉動輪椅方向，把土撥鼠拉到手邊。祐太郎離開沙發，走到辦公桌前。晚了一些，南效法祐太郎來到圭司的辦公桌前。圭司以熟練的動作操作土撥鼠。

「委託人蕗田克也，四十七歲。設定為七十二小時未操作電腦，就傳送訊號過來。先確定委託人是否死亡吧。」

圭司翻轉土撥鼠，把螢幕轉向祐太郎。「dele. LIFE」的網站委託畫面上顯示「蕗田克也」四個字，以及緊急連絡方式的手機號碼。

「沒有其他資料嗎？」

祐太郎取出手機問。圭司把土撥鼠拉回手邊，操作觸控板。

只要收到訊號，便可以從土撥鼠遠端遙控委託人的裝置，一旦確定委託人死亡，圭司便會刪除資料。確認委託人生死時，很多時候只需要隨便冒充和委託人有關的人，打通電話就行了，但要達到目的，愈瞭解委託人愈好。圭司不允許祐太郎查看委託刪除的資料，但其他資料，會配合需要替他確認。

「有不少圖片檔。是照片呢。」

「委託人是攝影師嗎？」

「不是。大部分是家庭照，還有這是……女兒的學校照片呢。女兒是國中生嗎？好像是妻子和這個女兒的一家三口。」

「嗯？國中生的女兒學校的照片？」

家庭照姑且不論，父親的電腦保存著大量這類照片，實在很奇怪。

「是那種疼女兒到有點恐怖的父親嗎？我女兒是全世界第一的公主那種？」

圭司又操作了土撥鼠一會兒，搖搖頭說：

「不是呢。裡面有製作校刊的資料。應該是女兒借父親的電腦製作校刊。以國中校刊而言，相當精美。學校的照片好像是為了寫報導而拍的。不巧的是沒看到克也本人的資料。也許是全部丟進委託刪除的檔案夾裡面了。」

委託刪除的資料容量沒有限制。不管是只有一行字的文字檔，還是大量的影片檔，都視為單一委託處理。只要委託人多留意一些，就能在死後將自己經手的資料全數刪除，事實上過去也遇過好幾次要求刪光硬碟內容的委託。

「委託刪除的資料夾……」

說到一半，和圭司對望了。

「不可以看呢。嗯。」祐太郎點點頭，問：「看不出是做哪一行的嗎？在哪家公司上班之類的。」

圭司默默地繼續操作土撥鼠。南繞過辦公桌，站到圭司身後。祐太郎以為圭司會制止，沒想到他滿不在乎地繼續操作。

「沒辦法。沒有郵件檔，也沒有行程資料。除了照片和製作校刊的資料以外，頂多只有音樂應用程式的資料……以四十七歲的年紀來說，他聽的音樂好像滿流行的。是從事音樂相關工作嗎？但以這樣而言，聽的曲子好像太大眾了。」

圭司幾乎是自言自語地喃喃，又繼續操作了上撥鼠一會兒後，雙手放棄似地離開了鍵盤。

「其他什麼都沒有。」

「這樣啊。」

如果有委託人的資料，對話起來就容易多了，但如果沒有資料，也只能見招拆招，一邊拖延與電話對象的對話，一邊刺探。祐太郎望向手機。之前的手機在和「SECPAT」那夥人交手時弄壞了，他買了新手機。還不習慣的主畫面讓他有些不知從何下手，這時南開口了：

「接下來要怎麼做？」

「嗯？」祐太郎抬頭。「喔。」

仔細想想，他甚至沒有對南說明太略的工作流程。

「要打電話給上面的號碼。如果對方接聽，就隱瞞我們的身分，確定委託人是不是真的過世了。如果確定死亡，就刪除委託指定的資料。」

南想了一下，蹙起眉頭：

「也不能劈頭就問人是不是死了吧？具體來說要怎麼問？」

「這要一邊和對方交談……嗯，臨機應變。」

「臨機應變。」南的眼神和口氣變得批判，重複祐太郎的話。「之前因為這樣失敗了幾次？」

祐太郎也知道南是在叫他在行動之前要先思考。

「沒有啊，我覺得也沒遇過什麼稱得上失敗的失敗。」

南看圭司，就像在詢問此話真假，祐太郎也看向圭司。圭司微微聳肩。祐太郎解讀為「沒問題」，南卻擺出「看吧，果然」的表情看祐太郎。祐太郎再次看向圭司，但圭司已經不看他了。

「嗳，我也是有在想的啦。」

再繼續糾結下去也沒個了局，祐太郎覺得讓南聽聽實際的對話比較快，將手機設成擴音，撥打剛才顯示在畫面上的號碼。對方立刻接聽了。

『喂？』

是中年男子的聲音。

「請問是蕗田先生的手機嗎？」

一陣停頓。不知為何，總覺得對方退縮了一下。

『對，是。』

「啊，敝姓真柴，呃，請問是蕗田先生嗎？」

如果是本人，土撥鼠收到訊號，就是某些差錯了。只要說明自己是「dele. LIFE」的人，找出收到訊號的原因，說明處理方式，結束通話就行了。

『咦？啊，對，沒錯，我是蕗田。』

似乎是委託人本人。祐太郎肩膀一鬆，正想說明身分，對方又接著說下去：

『蕗田唯的父親。』

這句話就像隨著嘆息一起從口中溜出。祐太郎不懂對方為什麼這麼說，正自語塞，對方開口了：

『我叫蕗田克也。真柴先生……是校方的人嗎？』

即使知道對方就是委託人，表明身分似乎也不是個好主意。祐太郎抬頭求助，但圭司望向土撥鼠，開始操作觸控板。南對他投以「我就說吧」的眼神。

「啊，是……」

祐太郎沒辦法，含糊地應答。

『我應該已經向副校長說明了。』

那說法就像在訝異「還有什麼好說的」。聽起來也像摻雜了些許不耐。祐太郎無從回話，沉默不語，對方想到似地說：

『喔，是為了葬禮的事嗎？』

「咦？呃，嗯……」

『葬禮的話，我們只辦家祭，請這樣告訴其他同學。不好意思，我要掛了。再見。』

對方靜靜地說完，不等祐太郎插口，便結束了通話。

「啊……嗯？」祐太郎關閉手機的通話程式，問兩人：「咦？你們知道剛才那是什麼意思嗎？」

「蕗田唯過世了。葬禮要家裡私下辦。」南說。

「呃，剛才接電話的是誰？」

「就蕗田克也先生啊。唯的父親。」

「啊，嗯，說的也是呢。那我剛才打的是誰的手機？」

「好像不是蕗田克也的手機。」操作土撥鼠的圭司說。「應該是女兒唯的手機。」

「啊……也就是說？」

「這次的委託人不是蕗田克也，而是蕗田唯。土撥鼠看到的電腦也是蕗田唯的電腦。確實，這台電腦的管理者名稱是唯。」

圭司把土撥鼠的螢幕轉向祐太郎。電腦的「帳戶資訊」名稱是「ＹＵＩ」（唯）。那麼，這台電腦沒有克也的資料，存放著學校照片，也都可以理解了。蕗田唯用自己的電腦製作校刊，聆聽音樂。

「可是，怎麼會是這樣？」

「我們只接受信用卡付款。也只接受信用卡名義人的委託。如果還是國中生的蕗田唯想要委託我們，就只能借用父親的信用卡，用父親的名義簽約了吧。」

「喔……」

祐太郎想起克也剛才的聲音，難過不已。那是沉靜、乾燥的嗓音。他是因為什麼樣的原因而失去了女兒？克也應該不知道女兒對「dele. LIFE」的委託。他不可能同意國中生的女兒委託這種事。

「可是，是從克也先生名義的信用卡扣款對吧？」南說。「克也先生不會懷疑這筆錢的用途嗎？」

「金額不多，如果不是那種會逐一對帳的人，也有可能沒發現。」

「可是現在怎麼辦？如果委託人是唯，她好像確實是過世了。要刪掉資料嗎？」

「我們不接受未成年人簽約。契約書上也這麼註明了。這份契約不成立。」

「那不刪除嗎？」

「嗯，會是這樣。」

「可是錢已經收了吧？」南說。

「我會退款。我們並沒有疏失。告訴舞的話，她會妥善處理。」

圭司闔上土撥鼠，就像在說「這件事到此為止」。這應該是最穩當的處理方式，卻總教人無法釋然。祐太郎正在尋思該如何說明才好，南開口了：

「可是，那是她不想讓任何人看到的資料。」

圭司轉頭看南。

「是蕗田唯甚至偷用父親的信用卡，也想要刪除的資料。如果你退款，說明理由，父親絕對會去看。」

「那是家庭的問題，不是我們的問題。如果可以充分推測出是盜用信用卡簽約，卻執行委託，反倒會引發更多問題。」

圭司公事公辦地說完後，皺起眉頭：

「怎樣？」

南那張臉臭到不能再臭。

「我很意外。我沒想到這家事務所是這樣的作風。」

「怎樣的作風？」

「我還以為這裡把委託人的感情放在第一優先。還以為這裡的工作，是不管被任何人責備、受人指點，都要貼近委託人的感受。」

「是這樣沒錯，但蕗田唯不是委託人。委託是以蕗田克也的名義進行，而這是冒用。」

南的表情更臭了：

「那是大人的歪理。我完全無法接受。」

「我們是大人，我們公司做的是大人的工作。如果妳想要玩小孩子家家酒，就出去吧。」

「我說的大人，是指小孩子絕對不希望長大以後變成的那種大人。我並不認為你們是那種大人。」

圭司哼了一聲，轉向祐太郎，就像應付不了南筆直的視線。他沒有說話，但意思很清楚：

人是你帶進來的，給我想辦法。

但和祐太郎對上眼後，圭司變得一臉苦澀：

「你也要來同一套？」

「委託或許是冒用名義，但蕗田唯的意思很清楚吧？她把這樣的心思託付給我們了，我不想背叛她的託付耶。」

祐太郎說，南也激動地爭辯說：

「國中生如果遇到困難，一定會找周圍的人討論，而不是花錢委託。但唯選擇了依靠你們，這表示她身邊沒有人能夠依賴，或是有某些無法向身邊的人討論的問題。不管是哪一邊，唯應該都非常孤獨。」

被前後兩邊這麼說，圭司彷彿遭到夾擊，轉換輪椅方向。他分別看了左右的祐太郎和南一眼，似乎是在挑選易於攻擊的對象。接著他抱起手臂，對著祐太郎說：

「你老是叫我不要刪除，這回卻叫我依照委託刪除？」

「不是這樣，我是說不應該單方面廢棄契約。你總是對委託人確實完成責任，所以這次也應該這麼做。如果你說不接受未成年人的委託，所以不刪除，那也沒關係。可是我覺得不能因為這樣就撒手不管。既然案子被帶進這裡、既然一度接下委託，我們對唯就有責任。」

圭司滿臉厭倦地搖搖頭。

「那你要我怎麼做？」圭司問，立刻又補充：「啊，我不會讓你看委託刪除的資料。不管承不承認蕗田唯是委託人，透露委託資料都是不被允許的事。」

「先暫時不要告訴她的父親這件事。我要調查她到底遇到了什麼問題。」

「調查之後要怎麼樣？」

「要先調查才知道啊。不過不管資料要怎麼處理，我覺得都應該查清楚她到底是懷著什麼樣的心思委託我們刪除的。」

「就是說啊。我覺得不瞭解內情，就直接說『對不起，當做沒這回事吧』，實在說不過去。這樣根本不能算是道歉。」南說。

「嗯，我們應該負起這最起碼的責任。」

圭司再次看祐太郎和南，敗下陣似地點點頭。

「說明和退款我可以再等一陣子。如果在這之前，父母查看了女兒的電腦，你們就死心吧。」

「除了委託刪除以外的資料可以看對吧？」

南指著土撥鼠問。圭司微微瞪眼，但似乎疲於繼續爭論，默默地讓輪椅後退。南走到空出來的位置，半彎著腰，開始操作土撥鼠。祐太郎也繞過辦公桌，隔著南的肩膀看土撥鼠的螢幕。南打開資料夾。裡面是一排排照片預覽圖示。似乎是依拍攝日期新至舊排列。南開始查看那些照片。

蕗田唯似乎不是那種會亂按快門的類型。她不是每天拍一點，而是在偶爾的活動場合拍上一大堆。

最新的照片是十天前。可能是公園。拍的是以幾乎全被綠葉佈滿的夾道櫻花樹為背景的一家三口和小狗。額頭微禿的黑框眼鏡男子是父親。應該是剛才接電話的克也。垂眼矮個子的婦人是母親。兩人中間，少女懷裡抱著小狗，臉頰貼在上頭。照片是少女的自拍。天真無邪的明亮笑容還帶著孩子氣。

「這就是蕗田唯嗎？」

祐太郎喃喃，南點了點頭：

「嗯，應該是。」

接下來都是同一天的家庭照。這天三人在樹蔭下吃便當，和小狗玩耍度過。照片捕捉了看上去和樂融融的一家三口。

「可是，唯怎麼會過世？她看起來人很健康啊。」

祐太郎說，回頭的南滿臉的狐疑。她用那張表情轉向圭司，眼神像在說：這人在說什麼啊？圭司向南輕輕點頭，對祐太郎說：

「克也說葬禮只辦家祭。如果是死於疾病或意外事故，應該會希望親朋好友來為故人送行。如果拒絕外人參加，應該有某些相當重大的理由才對。」

「相當重大的理由。呃……咦？什麼理由？」

「國中生的死因，第一名是癌症，第二名是自殺。」

「自殺？」

祐太郎看南，南也點點頭：

「應該是自殺吧。」

「那，有上新聞嗎？」

「沒有。」圭司答道。「我查過了，沒看到。」

「自殺不會上新聞嗎？是這樣的嗎？」

「自殺要不要報導，多半是各家媒體自行決定，如果自殺的原因並非明顯涉及社會問題，多半會是匿名報導，或甚至完全不報導。」

一個國中女生選擇尋短。儘管覺得不是應該大肆張揚的事，卻也覺得完全沒有人提起很奇怪。

「這樣啊，唯是自殺的啊。」

祐太郎的眼睛回到螢幕上。有父母兩人的照片。應該是女兒拍的。父母笑容滿面。想像他們現在是什麼表情，祐太郎一陣心痛。

日期更前面一些的照片，拍的是畢業典禮。畢業生在台上領取畢業證書的模樣、拿著證書筒或哭或笑的模樣。還拍了鼓掌的教師、演奏的管樂隊等等。

「畫質不一樣呢。」南說。

就像南說的，這些照片的質感比剛才的家庭照更好，構圖也經過一番巧思。有許多照片為了突顯主題，背景模糊。

「嗯。用在校刊的照片，應該是用不錯的數位相機拍的。」圭司說。

打開某張照片時，南停下了手。台上可以看見橫幅布條，寫著「第七十二屆　明豐中學畢業典禮」。

「明豐中學。」

祐太郎說，看向圭司。圭司已經在敲打桌電的鍵盤了。南又繼續往下看照片。學校活動的照片、比賽的運動社團、發表成果的文化社團、老師和學生說話的照片、應該是上課時光的照片。期間摻雜著用手機拍的家庭照。全部瀏覽過之後，南打開其他資料夾。裡面是以前的校刊檔案。最新的是三月號，末尾的「校刊社成員介紹」的欄位裡，有「二年級　蕗田唯」。今年四月就已經升國三了吧。

「啊，和我同年級。」南低聲喃喃道。

也查看了一下音樂應用程式，但上面只有一些排行榜流行曲。

「這些就是全部的資料了。要從哪裡著手？」南問。「家裡，還是學校？」

從照片來看，蕗田唯似乎只待過這兩個地方。

「學校吧。反正最後都得跟父母說。」

「說的也是。」

南說，轉移視線。祐太郎知道她在看土撥鼠螢幕下方。

「學校在哪裡？」祐太郎問圭司。

「中野區。」

「那來得及。」南說。

土撥鼠螢幕下方顯示的時間是下午兩點多。現在出門，可以在放學時間前抵達學校。

「這些資料我傳到我的電腦。」

南不等圭司回話，指頭便在觸控板上滑動。

「啊，也傳到我的手機。」祐太郎說。

「好。」

南最後再點了一下觸控板，闔上土撥鼠的螢幕。

「走吧。」南說。

她在茶几上自己的筆電操作了兩三下之後，收進托特包裡，催促地看祐太郎。

「啊，喔。」

祐太郎回到沙發，拎起自己的背包。他追上先走出去的南，正要離開事務所，被圭司叫住了：

「喂。」

祐太郎抓住門把，回頭看圭司。

「別陷得太深。」

不用問也知道是什麼意思。別因為過世的是國中生——是這個意思。圭司無法直截了當地這麼說的心情，他也明白。往後不管花上多久的時間，圭司都不會隨意觸及這一點吧。凝固的時間並沒有動起來。它依然凝固著，掉落在兩人的中間。

「啊，好。」祐太郎點點頭。

圭司點頭，就像在說「明白就好」，祐太郎向他舉手道別，離開事務所。

在池袋轉搭前往埼玉的私鐵，到站後走了一段路。在電車裡一直打著筆電的南，來到明豐中學正門前的投幣式停車位角落蹲下來，又繼續打電腦。探頭一看，螢幕上有蕗田唯的照片檔。南在電車裡已經向祐太郎說明她在做什麼了。

「來得及嗎？」祐太郎問。

「沒問題的，哥。」

南仰望祐太郎說完，自己皺起了眉頭。

「哇——！」

「哇什麼？」祐太郎笑。「不必現在就勉強。」

「不先練習，我沒自信到時候叫得出口，哥。」

「照片有辦法嗎？」

「被仔細檢查可能會露餡，但只瞥一眼應該沒問題，哥。」

南繼續埋首作業。

下午三點。似乎還要一段時間，放學的明豐中學的學生才會從正門走出來。

祐太郎取出手機，再次查看土撥鼠傳送過來的資料。

依據校刊的「校刊社成員介紹」這一欄顯示，從一年級到三年級，似乎共有十五名學生隸屬於校刊社。不知道文章是怎麼分配的，但末尾有「蕗」的署名、疑似蕗田唯寫的文章，每一期一定都有一篇。三月號是訪談畢業在即的三年級生。那篇文章讀來令人莞爾，讓人忍不住想要為這些即將從中學離巢高飛的孩子們加油。二月號報導了參加都大會的管樂隊的活躍。雖然未能贏得好名次，但演奏得似乎相當精彩。蕗田唯寫下演奏讓她印象深刻的隊員們神采奕奕的表現。

祐太郎看了呼應文章內容的照片，除了為校刊拍攝的照片以外，也有拿著證書筒的三年級生和抱著樂器的管樂隊隊員和蕗田唯的合照。應該是一起拍的紀念照吧。那張笑容看不出一絲陰霾。

家庭照、校園照。任何一邊，蕗田唯都笑得陽光燦爛。如果蕗田唯是自殺的，那個時候，她是什麼表情？

「出來了。」

不知不覺結束作業的南說，將筆電收進托特包站起來。穿制服的少年少女零零星星從校門走了出來。大半學生沒有過馬路，而是在大門前的人行道上左右散開。祐太郎滑動手機螢幕，找到要找的照片，逐一比對走出大門的制服學生。不知道要找的女生姓名，但和採訪對象一起拍攝的紀念照裡，這個女生頻繁地與唯合照。她是和唯一起入鏡最多的人。祐太郎和南都認為她也是校刊社成員，是蕗田唯的手帕交。他們要找到她，和她談談。他們打算從這裡開始。

「意外地看得很清楚呢。」

南低聲道，祐太郎點點頭。

「對啊。」

有辦法從行走的一群人當中，辨認出只在照片上看過的某個人嗎？南原本如此擔心，但因為都穿著相同的制服，更突顯出長相的不同。認人本身感覺比想像中的容易。但這種感覺也只有一開始而已。隨著時間過去，走出來的學生愈來愈多。原以為輕而易舉的認人行動，感覺也愈來愈困難了。因為看了太多張臉，愈是想看清楚長相，就愈覺得每張臉都大同小異。祐太郎用力閉緊眼睛，搓了搓整張臉。看看旁邊的南，她眼睛盯著正門，卻沒有逐一分辨每個人的樣子。

「還好嗎？」祐太郎問。

「咦？喔，抱歉。」

南回神似地說，又開始逐一注視每個人。

「怎麼了？」祐太郎問，也將視線移回大門。

「太久沒看到這麼多國中生，頭昏了。」

似乎不是玩笑話。那正經八百的口氣反而教人好笑，祐太郎笑了出來。

「妳想回去學校嗎？」

沒有回答。瞥向旁邊的南，她正咬唇沉思。

「我沒有你說的『回去』的感覺。」不久後南開口。「該說沒有，還是不懂……」

「嗯？」

「我拒絕上學沒有多久，老師就跑來家裡，叫我回去學校。說不用勉強，想想看要怎麼樣才能自然地回去。」

「嗯。」

「老師的說法，就好像水往低處流，國中生就是會回去學校——除非有什麼殘缺。我覺得老師就像在這樣說，我……」

一段像在斟酌措詞的空白。

「……不知道該怎麼辦才好。」

「這樣啊。」

「反倒是如果老師大吼，叫我就算是吐出來，用爬的也要爬去學校，或許我還比較想去。不是每個人都喜歡上學的！別以為只有妳可以逃過一劫！要是老師這樣說，或許我就會努力去學校了。」

祐太郎笑了，南也稍微笑了。

「那妳媽呢？」

「我們家光是要糊口就很辛苦了，她什麼都沒說，也沒有罵我。」

「這樣。」

「那個地方，」南望著馬路對側的國中校園說。「我實在不覺得跟我有關係。」

談話期間，馬路另一頭也有許多制服學生走過。

「這樣啊。」

眼前的景象，是一所學校周邊理所當然的放學情景。對朋友展露笑容的孩子。對此回笑、卻在朋友轉開目光的瞬間收起笑容的孩子。低頭走路的孩子。嫌擋路地用肩膀推開那孩子、快步經過的後方戴耳機的孩子。這些孩子每個人心中，都有著各自的不滿和憂鬱吧。

「好像螢幕裡虛構的世界。」

南低語說，垂下目光。祐太郎也慌忙從大門別開目光。應該是教師，一名穿褐色夾克、年約三十五歲的男子，一邊左右確認來車，一邊過馬路，朝這裡走來。從那篤定的步伐，可以看出不是剛發現他們，而是從一開始就準備朝這裡過來。

「你們在這裡做什麼呢？」

男子站在兩人面前說。肩膀開闊。語氣溫和，但表情緊繃。

「呃，做什麼？」祐太郎裝傻。

「有可疑人士站在校門口，學生會害怕。如果沒事，喏？」

他把手伸向旁邊，就像在說「請離開」。

能容納十台車的投幣式停車場裡面只停了兩台車。祐太郎也知道兩人站在空蕩蕩的空間角落，很引人注目，但沒有其他適合的地點可以監視正門。應該假裝乖乖聽從，去其他地方，還是要賴留下來？祐太郎正在猶豫，南向男子低頭行禮說了：

「我叫堂本南，是蕗田唯的朋友。」

「蕗田的朋友？」

男子放下伸向旁邊的手。南操作自己的手機，讓他看螢幕。上面是和蕗田唯並排歡笑的南。南沒有把手機交出去，而是只讓對方看過照片之後，便收起了手機。是用「簡單的應用程式」製作的合成照片，但似乎奏效了。男子臉上的戒心稍微減弱了。

「啊，這是我哥。」

「你好，我是她哥哥祐太郎。」祐太郎行禮說。「堂本祐太郎。」

對方似乎認為雖然是年輕人，但既然都向大人行禮了，也不能全不理會。男子也輕輕頷首，自我介紹：

「我是明豐中的教師松永。你們……」

松永想要對祐太郎說什麼，但南搶先開口了：

「唯怎麼會死掉了？我來就是想要知道這件事。唯的爸媽不肯告訴我，我想學校的人應該知道什麼。」

松永望向南：

「這我們不清楚，即使知道，也不可能告訴妳們。學生都大受打擊，你們不要這樣。」

松永又催促似地往旁邊伸手。見南一動不動，他把目光移回祐太郎身上，點了一下頭，彷彿在說：「你明白吧？」

「是霸凌嗎？」

南說，松永放下手：

「什麼？」

「唯是遭到霸凌嗎？」

「妳是從哪裡聽說的？蕗田生前跟妳說了什麼？」

南用力抿緊嘴唇看松永，表情就像在說：如果要我說出情報，你應該先提出來交換。

「沒有什麼霸凌。」松永說。

「真的嗎？」南說。「請不要胡扯些什麼學生說沒有霸凌。學生對老師不可能說真話。」

「我是她的導師。」

壓抑的聲音滲透出憤怒。

「一年級的時候也是她的導師，蕗田沒有遇到什麼霸凌。身為導師，我敢保證這一點。在學校，她總是笑得很燦爛。我對她說過，妳看起來總是好開心，蕗田就笑嘻嘻地回答：對，我總是很開心。她不是那種出鋒頭的女生，也不是領袖人物，卻是班上每個人最喜歡的開心果。因為她對每個人都很好。我也知道，用溫柔的好孩子來形容學生實在很膚淺，但我還是敢這麼說：蕗田不管對任何人，都是最溫柔的好孩子。」

「那唯怎麼會死掉了？」

「不知道。就是因為不知道，所以每個人都很痛苦。我們教職員很痛苦，學生當然也很痛苦。」

宛如從喉間擠出來的話聲，聽起來真的很難受。從一年級的時候就連續擔任導師的學生自殺了。因為不清楚明確的理由，松永更感到自責吧。或許也有要求學校負責的聲音。站在校方的立場，松永是最容易卸責的對象。

「請你們不要在這種時候做出影響學生情緒的事。你們離開吧。」

松永閉上眼睛說，就像正拚命地鎮定感情，然後再次把手往旁邊伸去。感覺再繼續追究下去未免太殘酷了。但沒有任何收獲，就這樣離開，真的好嗎？祐太郎正猶豫該怎麼做，南開口了：

「我知道了。」

南對張開眼睛的松永行了個禮。

「驚擾大家了。我們要走了。」

南說完，乾脆地往松永伸手的方向走去。

「啊，咦？」

祐太郎匆匆向松永行了個禮，追上南的身後。

「什麼都沒問到，沒關係嗎？」

回頭一看，松永還站在剛才的位置，目送兩人。祐太郎邊點頭邊客套地笑，跟在南旁邊走著。南不停地快步往前走。

「對面人行道。」

「咦？」

「她在那裡。」

祐太郎望向對面人行道。有一大群穿著相同制服的學生。光看背影，辨認不出哪一個才是照片上的女孩。

「哪一個？」

「和我們一樣速度的女生。」

那就看得出來了。有個女生穿過相同制服的人群，快步往前走去。祐太郎和南從對側人行道追趕著女生的背影。

不久後，女生在小路口的紅燈前停下腳步。祐太郎和南小跑步穿過斑馬線。過馬路時再瞄了一眼，松永已經離開了。兩人就站在呆呆地看著前方紅燈的女生旁邊。

「妳好。」

南出聲攀談。女生吃驚地回頭。附近的學生也詫異地看著南和祐太郎。

「妳是唯的朋友對吧？」

南問，對方怯怯地點了點頭。

「啊，太好了。」南按住胸口，一副放心的樣子。「不好意思突然叫住妳。我叫堂本南，唯的朋友。」

「呃，喔。」

對方是年紀相仿的女生，而且雙方似乎在對話，這兩點似乎讓周圍的學生認為並未發生任何不對勁的事，不再關心。

「妳聽唯提過我嗎？」

「呃，沒有。」女生歪頭說。

號誌變成綠燈，學生開始過馬路。對方露出猶豫的樣子，南不理會，繼續向她說話：

「我和唯從小學就認識了。我聽說唯過世了，嚇了好大一跳。」

南還想說下去，但女生張開手像要制止，看向祐太郎，似在詢問他的身分。

「啊，這是我哥。我很想知道唯到底是怎麼回事，但我哥叫我不要追究。」

和松永那時候不一樣，兩人已經事先討論好在女生面前要說些什麼了。祐太郎盡可能怯懦地對女生笑道：

「如果放任她去，她可能會毫不客氣地四處打聽，所以我才陪她一起來。不好意思啊。朋友才剛過世，妳應該不想談吧。」

「我想要知道。因為唯的父親還說葬禮不讓家人以外的人參加。他什麼都不肯告訴我，我也沒辦法和唯道別。」

「就算是這樣，也不該像這樣不客氣地到處探聽吧？」

「可是哥，就算默默等待，也不會有人來告訴你是怎麼回事啊。」

「我也知道妳真的很傷心，想知道小唯到底出了什麼事。但是看在不認識妳的人眼中，妳只是出於好奇在打探，滿惡質的。這件事很嚴肅，等過一陣子事情沉澱以後再……」

「等過一陣子就會覺得算了。每個人都會替唯的死隨便安上理由，拿這個理由把人打發。我想知道的不是大家以為怎麼樣，而是唯在想什麼。所以非得現在問清楚不可。」

討論決定的台詞應該更簡單，但南似乎在不知不覺間加入了真情。

「如果錯過現在這時機，唯真正的模樣就會消失了。只會留下每個人想要的虛假形象。我無法容許這種事。」

「或許是這樣吧……」

「呃，那個……」

女生插進祐太郎和南之間。

「妳說妳是唯的小學朋友，可是我跟她讀同一所小學……」

「啊，我們不同校，是補習班認識的，現在也經常互傳訊息，偶爾會碰個面。」

南搶在對方問補習什麼之前，掏出自己的手機。她滑動螢幕，讓女生看了給松永看的同一張照片。對方接受地點點頭。

「呃，妳是從唯那裡聽說我的事嗎？」

「嗯，對。她說妳是她在國中最要好的朋友。她給我看過妳們的合照，所以我靠著那張照片，在校門口等妳。」

「喔……」

「如果妳知道唯怎麼會死掉，拜託告訴我。」

號誌又變成紅燈了。

「怎麼會死掉，就是……」

她估量地看著南。

「嗯，我知道。我的意思是，怎麼會變成這樣。因為我完全看不出那樣的跡象。」

「這我也是一樣的……」

就在她這麼說，垂下頭的時候，一個穿著相同制服的女生過來，站在她旁邊。

「Miwa，怎麼了？沒事吧？」

Miwa。

祐太郎和南互使眼色。

「校刊社成員介紹」欄位裡的名字，他們全部背起來了。「二年級　山下海羽」。從字面看不出讀音，不過這麼一聽，「海羽」確實是可以讀成「Miwa」。

「沒事。」海羽應道。

「真的嗎？」那女生問，看南和祐太郎。「他們是誰？」

「沒關係啦，真的沒事。」海羽說，對南和祐太郎說：「找個地方坐好嗎？」

確實，也不能一直站在這種地方聊太久。被紅燈攔下的學生裡面，也有人狐疑地看著向同校學生搭訕的兩人。但附近是住宅區，沒看到合適的店家，走到車站又有點太遠。

看到南和祐太郎的模樣，海羽似乎猜出他們想不到哪裡可以去。

「那邊有一座公園，去那裡好嗎？」

「啊，好。」南點點頭。

海羽走了出去，南和祐太郎尾隨在後。若無其事地回頭望去，號誌剛變成綠燈，被攔下來的學生動了起來，但剛才關心的女生沒有往前走，還在看他們。

海羽把他們帶去一座高樓公寓腳邊的小公園。南和海羽在長椅坐下來。祐太郎去附近自動販賣機買瓶裝飲料，回到長椅。

「請妳喝。」

「啊，謝謝。」

海羽從遞過去的飲料當中挑了奶茶。南拿了咖啡歐蕾，祐太郎拿著剩下的烏龍茶，在南旁邊坐下來。

「妳是什麼時候得知唯過世的？」

南打開咖啡歐蕾的瓶蓋問。

「前天早上晨間班會的時候，老師說蕗田出了不幸的意外，過世了。可是如果是意外死亡，應該會上新聞，就算用手機搜尋，也沒看到那樣的新聞。沒多久就傳出唯是自殺的傳聞，學生吵鬧起來。校方好像也發現紙包不住火，昨天把同年級的學生集合起來，正式說明。今天也把每個人找去個別面談，那算是心理輔導吧……」

「這樣啊，」南點點頭。「大家都很驚慌吧。」

祐太郎想起剛才在紅綠燈前學生們看他們的眼神。同一所學校的學生自殺了。感覺就只是這樣而已，卻也覺得不是這麼容易就能接受的事。那些眼神裡面，充滿了國中生不穩定的情緒吧。

「妳有什麼線索嗎？」

南問，海羽搖搖頭：

「完全沒有。」

「唯在學校是個怎樣的學生？她在我面前總是很開朗，笑容不絕。」

聽到南的話，海羽淡淡地微笑：

「她在學校也是一樣。她總是笑咪咪的。」

「妳們都是校刊社的吧？」

「嗯。雖然是同一個社團，但我遠遠比不上唯。唯從一年級開始，就是很特別的社員。」

「是嗎？」

「我們學校的校刊，寫的東西基本上都是固定的。社團比賽、大型賽事、區級和都級的辯論大賽、作文比賽那些。然後就是誰做了哪些義工活動，現在校園裡的花圃開著什麼樣的花。讓我來寫，不管怎麼寫，內容都枯燥無聊得要命，但是換成唯來寫，就不一樣了。她也不是詞彙特別豐富，或是描寫特別有技巧，可是讀了就是會讓人愛上。讀到她寫的田徑大賽的報導，就會忍不住為參賽的田徑隊同學加油。讀到她寫的杜鵑花開的文章，就會想在午休時間過去欣賞一下。讀到她寫的辯論大賽得獎的報導，就會覺得必須全校盛大慶祝一番。只要出自唯的筆下，都會變得渲染力十足。我覺得應該是因為唯是真心喜歡人事物，才能寫出那樣的文章。」

「這樣。」南點點頭。

祐太郎回想起唯寫的畢業典禮和管樂隊的報導。確實，讀了讓人忍不住想要為畢業生加油，也想要盛讚管樂隊的全力表現。

南喝了口咖啡歐蕾催促，海羽也打開奶茶瓶蓋，喝了一口。她咕嚕嚥了一口後，喘了一口氣，繼續說下去：

「唯非常擅長找出別人的優點。啊，對了，去年這個時候，校刊社顧問老師命令我們寫連載。說每一期要介紹一位老師，採訪光是透過課堂無法瞭解的老師的為人，寫成報導。還特別指名要唯來寫。」

海羽愉快地微笑，就好像想起了當時。

「一定是覺得唯的話，一定能寫出很棒的內容。當時的社長抗議這是侵犯編輯權，我們校刊社不做偏頗報導，反抗到底，所以最後沒有實現，顧問老師非常遺憾的樣子。好像所有的職員都熱烈地樂觀其成。」

那口吻讓南笑了。海羽也輕笑了一下，收起了笑容。

「唯絕對不會說別人的壞話，所以每個人都喜歡她。唯居然會自殺，我實在無法相信。唯愛著世上所有的一切，也被所有的一切所愛。如果這樣的唯非自殺不可，這個世上還有誰能活下去？我已經不知道該相信什麼才好了。」

海羽雙手用力握緊保特瓶，垂下頭去。南看向祐太郎，似乎是在確定他有沒有問題想問。松永所描述的蕗田唯，和山下海羽述說的蕗田唯形象一致。祐太郎思考不同的切入點問：

「小唯有沒有男朋友？」

國中三年級，是容易受影響的年紀。自殺的理由也完全有可能是失戀。

「其實我也有想過。」海羽說。「我想過唯是不是有男朋友，因為被男朋友惡狠狠地甩了，所以才會尋短。倒不如說，我實在想不出還能有什麼理由了。可是我覺得應該不是。我也不是成天跟唯膩在一起，可是如果她有感情好到因為被甩就自殺的男友，我應該會發現才對。」

「如果對方是和小唯身分不匹配的人的話呢？」祐太郎問。「比方說，對方是大人，就不可能明目張膽地和國中生交往，小唯也有可能連妳都不敢透露。」

「我覺得這也不可能。怎麼說，唯沒有那種會跟成年男子談戀愛的開關……」

「開關？」

祐太郎反問，海羽猶豫了一下說：

「有個叫松永的老師，是唯她們班導。他應該喜歡唯。」

「喜歡？咦？這是指……」

「不是當成學生的喜歡，而是當成女生喜歡。我曾經直接問過唯她喜不喜歡松永，結果她很乾脆地說喜歡，還天真無邪地反問我為什麼特地這麼問，害我不知道要怎麼回。唯沒有把松永當成戀愛對象。至少她還沒有會用那種眼神看成年男子的開關。我有喜歡的對象，是住在我家附近的大學生，所以很想和唯聊戀愛話題，可是完全是雞同鴨講。唯在這個意義上還……呃……」

「喔，嗯。」祐太郎點點頭。

意思是還很幼稚吧。

南似乎有了和祐太郎不同的發想：

「社群媒體呢？她有沒有在網路上跟誰很好？雖然不會見面，但會互傳訊息。或許不是男朋友，但有信賴的對象，卻被那個人惡意對待。要不然的話，就是因為某些原因，在網路遭到霸凌……」

「唔……」海羽低吟了一下，歪頭說：「我覺得沒有欸。我們學校禁止帶手機到學校，但大家都偷偷帶來上學。我也是一樣，但唯卻沒有這麼做。她有手機，但沒有手機成癮的樣子，應該也沒有在玩社群媒體，只會跟朋友互傳訊息而已。就連傳訊息，唯也不會立刻秒回。她好像跟爸媽約好晚上九點以後不碰手機。」

「這樣啊。」

海羽又喝了口飲料，吐出比剛才更深的嘆息。

「像這樣回想，愈說愈覺得唯死掉是不可能的事。因為她根本沒有尋死的理由。完全沒有。」

「可是事實上她死了。」南說。「那麼一定有理由才對。」

海羽望向遠方，接著拉回視線微笑：

「不，或許根本沒有什麼理由。」

「沒有理由？什麼意思？」

「大概是去年暑假剛結束的時候吧，今年春天畢業的學長國三的時候對我們說：喂，你們，如果要死，就要趁現在快死。」

「咦？」

「他說要死的話，就要趕在國三暑假前快死。因為接下來就是地獄了。」

「什麼意思？」

「國三暑假開始，就進入正式的高中入學考時期，考季結束之後，就變成高中生了。」

「可以繼續享受高中生活啊。」

「學長說，上了高中，就不是小孩子了。必須思考自己要做什麼、要怎麼活下去。到時候會感到快樂的時候，就只有逃避痛苦的時候。所以能純粹感受到快樂，就只有現在而已。因此最好的做法，就是趁現在快死。」

「這太……」

「嗯，太離譜了。那個學長本來就有點天兵，應該是準備考試腦袋燒壞，才會說那種蠢話。那時候我只是這麼覺得而已，可是唯好像上了心。那天放學回家路上，她也一提再提，說：學長說的是真的嗎？妳覺得呢？」

「可是，那是很久以前的事了吧？」

「我不認為只是這樣幾句話就讓她走上絕路。可是那些話和唯心中的某些想法結合在一起，發酵成自殺的衝動，我覺得這是有可能的。」

南以眼神詢問祐太郎。祐太郎無法判斷，微微搖頭。

「妳剛才說，」海羽對南說。「隨著時間過去，大家會對唯的死隨便安上一個理由，就這樣算了。」

「嗯。」

「我也在得知唯過世的消息後，一直在心裡尋找可以妥協的理由。所以我一方面想要知道真相，另一方面卻也不想要知道。」

海羽從長椅站了起來：

「我很想說如果有什麼發現，請告訴我，但我沒辦法這麼說。」

「好。」南點點頭。「如果我覺得是能告訴妳的內容，再告訴妳。」

海羽瞇起了眼睛：

「唯從來沒有向我提過妳，卻向妳提起我。或許唯相信的人是妳。」

「沒這回事。」

南堅決否定。

「我們現在住的地區完全不一樣，也很少碰面。唯是因為跟我沒什麼好聊的，才會告訴我妳的事。她跟妳有太多事情好聊，根本用不著提起我。」

南拚命地說，海羽微笑：

「我要走了。告訴我連絡方式。我的也留給妳。」

「啊，好。」

南取出手機站起來，和海羽手機互碰，交換連絡方式。

「拜。」南說，祐太郎也行禮，海羽離開公園了。

一直目送直到海羽的背影消失後，南一屁股坐到長椅上。頭整個垂下，彷彿疲憊萬分。

「你平常都做這種事嗎？」南問。

「這種事？唔……也不一定耶，要看情況，有各種狀況，不過……咦？這種事是指哪種事？」

「我剛剛改寫了唯的過去。」

「嗯？」

「唯最要好的朋友差點要把從來沒見過唯的我，當成比她和唯更親的朋友。」

「喔，嗯。」

「嚇死我了。」

南說，這回頹然靠向長椅椅背，大口灌起飲料來。祐太郎也學南靠坐在長椅上，喝起烏龍茶。

三個男生走進公園，看見坐在長椅的祐太郎和南，板起臉來，走向角落。他們把書包丟到地上，坐在書包上開始玩卡片。這張長椅似乎是他們平常的競技場。

祐太郎和南相視苦笑，討論下一步怎麼做，這時手機接到圭司的電話。

『查到蕗田唯的住家地址了，我傳過去。』

「住家地址？」

『照片。她在家拍的家庭照有Exif。喔，Exif是……』

「照片的元資料。」祐太郎說。「只要看Exif，就可以知道照片是什麼時候在哪裡拍的。」

『你居然知道。』

「我也是日口新、又日新的。」

圭司冷哼一聲：

『我傳到你的手機。』

「好。謝謝。」

圭司本來要掛電話，似乎又改變心意，問：

『有什麼收獲嗎？』

「喔，有。」

祐太郎把和導師松永交談的內容，以及從海羽那裡聽到的內容大致轉達圭司。

『山下海羽是短頭髮的女生？喔，這個人啊。』圭司說。似乎一邊講電話，一邊查看唯的照片資料。

「所以我們在想下一步要怎麼做。」

『問過另一個朋友了嗎？』

「另一個朋友？」

祐太郎反問圭司，看向南。南回看他，像是在問那是指誰？

「呃，那是指誰？最常和小唯一起合照的是山下海羽對吧？那個短頭髮的女生。」

『合照的次數是她最多沒錯，但她們並非每次都一起採訪。雖然一起去採訪田徑隊的比賽，但好像沒去桌球隊的比賽。這裡沒有山下海羽。這場……辯論大賽嗎？這次採訪也沒有山下海羽。但另一個人應該每一次都和唯在一起。』

「咦？不，等一下。」

祐太郎暫時把手機從耳邊拿開，重看蕗田唯的照片檔案。他找到桌球隊比賽和辯論大賽的照片了，但上面拍到的都只有採訪對象的學生和蕗田唯。

祐太郎把手機放回耳邊：

「你到底在說誰啊？照片只拍到採訪對象和小唯吧？」

『就是攝影者啊。拍這些照片的人。』

「啊，咦？這些照片不是小唯拍的嗎？」

自己也入鏡的照片是玩玩的紀念照，請附近的人按快門。其他用在校刊的照片則是自己拍的。祐太郎一直這麼以為。

『一開始我也這麼想，但用在校刊的照片有幾張拍到小小的蕗田唯，所以攝影者另有其人。我查了一下Exif，校刊用的採訪照片，都是同一款數位相機拍的。蕗田唯應該每次都帶著同一名攝影者去採訪。那個人拍照，蕗田唯寫報導。那麼比起山下海羽，這個人更像她的好朋友吧？』

用這樣的角度去看，採訪用的照片不僅質感好，構圖也經過深思熟慮。原以為是和家庭照不同，特別用心去拍，但如果根本是不同人拍的，就解釋得通了。

「都沒發現耶。」

『雖然不清楚長相、性別和名字……』

「可以確定一定是同一所學校的。我會設法找到這個人。」

『另外，或許是我多管閒事，但還有一件事我很在意。』

「什麼？」

『就是那個山下海羽。你們完全把她當成蕗田唯最要好的朋友對待，為什麼她完全沒有訂正這件事？』

「咦？」

『因為她自己也跟蕗田唯很要好，所以覺得不用訂正嗎？或者我認為攝影者才是蕗田唯最要好的朋友，本身就是誤會？但如果她是刻意隱瞞……』

「背後有什麼隱情呢。這邊我也會查一下。謝謝。」

祐太郎掛了電話。

蕗田唯的家在距離公園徒步約十分鐘的公寓其中一戶。圭司傳來的只有建築物的住址，從信箱來看，蕗田家是七樓的某一戶。大廳十分寬敞，門旁裝飾著油畫和精緻的人造花。自動門內的櫃台掛的牌子不是「管理員室」，而是「櫃台」。那麼坐在裡面的男子也不是「管理員」，而是「門房」之類的職稱了。穿的不是工作服，而是西裝。

「要假冒朋友拜訪嗎？」

南指著自動門前的門鈴說。祐太郎和西裝男子對上眼，客套地笑笑，別開視線。

「不，反正一下子就會被父母識破身分了。」

女兒向「dele. LIFE」委託的事，遲早都得告訴父母。雖然無法想像到時候會是怎樣的對話，但祐太郎想避免引發無謂的不信任。

「說的也是。」南點點頭。

那麼我們來這裡做什麼？南看著祐太郎，像在這麼問。

祐太郎並沒有特別的計畫。住家和學校。他只是想看看蕗田唯生活的地方。

祐太郎走出大廳，仰望建築物。這邊應該是朝北，牆面沒有大窗。蕗田唯在這裡的七樓，看著什麼樣的風景生活？祐太郎沿著建築物走出去，想繞到南邊看看。南跟在他旁邊。

「從校刊的社員介紹欄來看，和唯同年級的有四個。一個是剛才的山下海羽，兩個是男生。那麼剩下的一個，很有可能就是唯真正的好朋友。」

「啊……嗯，說的也是呢。」祐太郎點點頭。

雖然也有可能是男生或其他年級的學生，但論可能性，剩下的女生最有可能。

「另一個女生叫……呃……」

南取出手機滑了滑，伸向祐太郎。祐太郎停步接過手機。「永井茉莉」。

這是剩下的學生名字。祐太郎歸還手機，又往前走去。

「校刊文章沒有疑似這個女生的署名呢。」南說。

「嗯。」

有署名為「蕗」和「海」的文章，卻沒看見與「永井茉莉」這個名字相關的署名文章。如果她不是寫文章，而是負責攝影，那就說得通了。

「這個永井茉莉果然才是小唯的好朋友呢。」祐太郎說。

「可以請土撥鼠先生查一下住址嗎？土撥鼠先生的話，要駭進國中電腦，應該是小菜一碟吧？」

要從南邊看建築物，必須走出馬路。祐太郎和南並排走出公寓範圍，忽然停下腳步。

「啊……不用了。」

「不用了？」

祐太郎指著馬路對面。有個穿明豐中學制服的女生坐在人行道護欄上。看起來也不像在做什麼，手上拿著鋁箔包果汁，頭低低的。祐太郎和南對望一眼，走向那個女生。也許是察覺有人走近，女生抬頭看到兩人，表情僵住了。

「嗨。」

祐太郎盡可能輕鬆地招呼。女生猶豫了一下，也輕輕頷首。

「妳是海羽同學的朋友對吧？剛才在學校附近的斑馬線有遇到。」

祐太郎站在她前面說。

「啊，對。」

山下海羽的朋友，現在人在蕗田唯住的公寓附近。

「難道……妳是永井茉莉同學？」

女生驚訝地微微瞠目，然後點了點頭：

「對，我就是。」

「咦？永井茉莉……是跟唯一樣校刊社的？」

南加入對話。她朝祐太郎使眼色，祐太郎看出是要搬出對海羽用的同一套劇本。祐太郎退後半步，把現場交給「活潑的妹妹」。

「我聽唯提過妳。說妳在校刊社負責拍照。」

南走到茉莉旁邊，坐到護欄上。

「唯提過我？」茉莉問。「妳是……？」

「我叫堂本南，是唯小學時的朋友。我們一起補習過，變成朋友。後來我搬去別的地方，跟唯分開了，但偶爾會連絡。」

南就像對海羽做的那樣，取出手機，讓茉莉看了加工的照片。

「我聽到唯過世的消息，嚇壞了。我完全不知道她怎麼會死掉了，所以在找唯的朋友。妳可以跟我聊聊她嗎？」

茉莉把目光從手機移向南，目不轉睛地看著她。視線雖然不強烈，卻是打量的眼神。祐太郎知道，被那深思熟慮，或者說深為懷疑的視線注視，南畏縮了。她亮出造假的照片，還撒了不熟悉的謊。祐太郎正想伸出援手時，茉莉開口了：

「海羽怎麼說？」

「咦？」

「你們跟海羽談過吧？海羽說什麼？」

「喔，她說果然還是不知道為什麼。還說或許根本沒有理由。」

瞬間，茉莉的表情看似諷刺地扭曲了。

「這樣啊。」

茉莉含住果汁的吸管。南向自己的旁邊微微點頭，因為看起來像在叫他這麼做，所以祐太郎走到南的旁邊，在護欄坐下來。他發現南要他這麼做的理由了。他看見圍繞公寓土地的磚牆邊，擺著一包鋁箔包果汁。好像和茉莉手中的一樣。

茉莉發現兩人的眼神。

「聽說放花的話，會引來抗議。」她說。

「咦，為什麼？」南反問。

「住戶會抗議。說是萬一被人知道有人跳樓自殺，會影響公寓房價。昨天櫃台的人叫我不要放花。」

南微微哆嗦了一下：

「……唯是在這裡……？」

茉莉點點頭：

「從家裡的陽台。好像是天快亮的時候。」

祐太郎一樓一樓往上數，但看不出蕗田唯跳樓的地點是七樓的哪個地方。

南跳下護欄，雙手合十，閉上眼睛。祐太郎也離開護欄，對著擺在路邊的優格飲料合掌。這應該是點綴兩人日常的飲料。祐太郎想像坐在長椅、樓梯或護欄上，拿著相同的鋁箔包飲料，開心地嘰嘰呱呱的茉莉和唯。

南似乎也有了相同的想像。

「那，妳剛才……」南放開合掌的手，折回護欄說。「是在跟唯說話呢。」

茉莉搖搖頭：

「跟死人沒辦法說話。」

那冷漠的說法讓南有些畏怯。

「啊，嗯。說的也是呢。」

「她活著的時候，我自以為在跟她聊天。」

茉莉盯著路上的鋁箔包，接著說：

「但我什麼都沒聽到。」

茉莉深深嘆息。

「聽不到也是沒辦法的事。我不像唯那樣，是會聆聽的人。但我自以為比任何人都更關注著她。」

茉莉用力閉上眼睛，搖了搖頭。

「自以為看著她，但其實我根本什麼都沒看見。」

那聲音痛苦萬分，就彷彿從喉間硬擠出來。聽得出茉莉在自責。

「告訴我她的事。」南輕聲問，就像要貼近她的痛苦。「妳說她是會聆聽的人，這是什麼意思？」

「唯能走進對方的心房，聽見深藏在裡面的聲音。」

茉莉閉著眼睛說。

「在唯的面前，每個人都能變得坦白。會把毫不矯飾的什麼、一直隱瞞的什麼、珍藏的什麼，全部訴諸話語告訴她。我就做不到這種事。所以想說起碼我要好好觀察，拍下那個人表現出真我的一瞬間，點綴在唯寫的文章旁邊。可是，就連最親近的唯，我都看不清楚。」

南看祐太郎。她看似想要說什麼，但祐太郎看不出她想說什麼。祐太郎還沒來得及用眼神反問，南已經離開護欄了。她去到茉莉面前，深深行禮：

「對不起。」

茉莉睜開眼睛。

「剛才我撒謊了。照片是假的。我說我是唯的朋友也是假的。我甚至沒有見過她。」

祐太郎甚至來不及制止。茉莉目不轉睛地看著一口氣說完，仍深深低著頭的南，視線轉到祐太郎身上。祐太郎沒辦法，也離開護欄，在南旁邊低下頭來：

「對不起。」

他以為茉莉會生氣，聽到的卻是沉靜的聲音：

「我知道了。沒關係。」

祐太郎和南抬起頭來。

「我就這麼猜想。」

「這麼猜想？」南問。

「剛才的照片。」

「啊，是。」

「太粗糙了。Photoshop？」

「不是，是別的程式。因為很趕。」南尷尬地說。「我本來猶豫到底要不要給妳看。」

「如果妳沒有給我看照片，我就相信了。因為我也想要相信。」

「想要相信？」

「相信唯有連我都不知道的朋友。有個在她死後，會為了查出她尋死的理由，特地跑來四處打聽、和她有特別感情的朋友。如果是這樣的話，我就可以稍微放心了。」

茉莉又用那種眼神直勾勾地盯著南看，南低下眼皮：

「對不起。」

「不必為這一點道歉。唯沒有其他好朋友。她只有我這種沒用的朋友。」

「那麼，兩位是誰？」

茉莉深深彎下身體，就像要擠出全身的嘆息，接著直起身體來：

南徵求同意地看祐太郎，祐太郎點了點頭。事到如今也不能再編造新的謊言。

「我們是接到唯的委託的公司員工。唯委託我們在她死後，刪除電腦裡面的某些資料。」

「公司？」

看得出茉莉是在對怎麼看都和自己同齡的南的年紀感到訝異。

「啊，我不是正職，算是打工，或者說只是來幫忙的。」

茉莉的表情更為狐疑了，南取出手機，顯示「dele. LIFE」的網站。她把手機遞給茉莉，依序說明來龍去脈。「dele. LIFE」的工作內容、蕗田唯的委託、契約上其實是無效的，但既然一度接下委託，他們想要在去找父母之前，先瞭解蕗田唯有什麼隱情。

「唯委託刪除的資料是什麼，妳有沒有線索？」南問。

看著「dele. LIFE」網站的茉莉把手機還給南。

「那些資料不能看嗎？」茉莉反問南。

南應該是難以說明吧。她看向祐太郎，祐太郎開口：

「嗯，不能看。」

如果說明圭司這個人有多冥頑不靈，感覺反而會讓事情更複雜，所以他代換為不算謊言的內容說：

「我們公司的系統，沒辦法查看委託刪除的資料內容。我們只負責刪除。」

「這樣。」茉莉點點頭。「這系統很不錯耶，我也想要委託。」

「啊……可是……」

「啊，對喔，未成年不能委託。」

「唯委託的資料，妳知道是什麼嗎？」南回到話題。

「我不知道是怎樣的形式，」茉莉說，從書包取出自己的手機。她操作了一會兒，遞給南。「不過應該和這個有關。」

南接過手機，看向螢幕。祐太郎從身後探頭看去。雖然看出似乎是留言版，但南滑動的速度太快，眼睛跟不上，看不清楚內容。兩人的資訊處理能力似乎天生就不同。

「呃……這是留言版嗎？」祐太郎問。

「是備份下來的留言版呢。好像是所謂的地下網站。」南手不停歇地應道。

「現在還有這種東西啊？」

「只是沒有以前那麼火紅而已，沒錯，還是很多的。」南點點頭。「和朋友間的訊息對話不一樣，是匿名的，而且資料存在外部。不管再難聽的話、令人作嘔的對話，都不會留在自己的裝置裡。」

「不會留在自己的裝置有什麼好處嗎？」

「即使出了什麼事，被父母或學校檢查手機電腦，也找不到任何證據。」

「什麼事是指什麼事？」

「就是什麼事啊。」

南狠瞪祐太郎一眼，就像在叫他別問蠢問題。

「喔。」祐太郎點點頭。

從快速捲動的畫面上，祐太郎只能看到斷斷續續的字句，但還是掌握到大致情況了。

這與在小圈子裡說某人壞話又不一樣，是釋放在偌大場域的漆黑衝動。在乎的只有自保，在場域裡肆無忌憚地進行語言攻擊。

南將畫面從頭到尾捲動了一遍，遞給祐太郎。祐太郎接過來，再次瀏覽畫面。大致瀏覽後，可以發現大部分的留言是針對教師，但對特定學生的攻擊也不少。對蕗田唯的酸言酸語，一開始是以批評校刊文章的形式出現。時間是近一年前。蕗田唯才剛升上國二不久。有游泳社的成員對賽前採訪表達不滿。這個人好像在比賽剛開始前接受了採訪。

『她根本不在乎結果吧。雖然我們隊友都符合實力，全數落選了。』

這則留言引來了幾個反應：

『我懂！我們也被她騷擾了。居然在上台演奏前跑來採訪，她到底是有什麼事啦？有必要挑在上台前採訪嗎？幹嘛不等演奏完再來啦？』

『你們說那個二年級的？「要把努力的樣子傳達給大家」病的女生？』

『不是啦，那是加油病吧？』

『那個女生有夠噁的。加油添醋，寫成什麼感動大作。』

在留言版上，蕗田唯被取了「有病的女生」的綽號，後來也斷斷續續有人說她壞話。每一次都引來共鳴的回應。

留言版在去年年底停止更新了。

「居然有人能對唯有這麼扭曲的看法，當時我震驚極了。」

茉莉從祐太郎手中接過手機說。

「這些留言版是我們上一屆學長姊在用的。雖然不是每個人都會上來這裡，但好像有很多人在看。」

「校刊社的學長姊沒有幫忙反駁嗎？」南問。

「部分學長姊知道，但好像置之不理。大概也有嫉妒心在作祟吧。因為唯寫的文章，比學長姊的精彩太多了。」

「妳們什麼時候發現這個留言版的？」

「去年年底。不知道是誰說出來的，傳出上一屆設了這樣的留言版的事，網址和帳密也在我們這一屆流傳開來。在學校也引發問題，緊接著網頁就被刪除了。」

「唯也對這些內容感到煩惱嗎？」

「她看起來完全沒有受到影響。她只是笑說：這是媒體遭到攻擊的時代呢。」

考慮到這是國中生的匿名留言版，內容算不上怵目驚心的汙言穢語。但如果發現自己居然遭人在背地裡說了超過半年以上的壞話，本人應該會相當受傷。

南忽然想到似地抬頭：

「海羽知道這件事嗎？」

茉莉的表情再次諷刺地扭曲了。狂暴的感情，比剛才更明顯地浮現在臉上。

「知道。」

「可是她卻不肯向我們透露。」

「一定是因為心虛。」

茉莉操作手裡的手機，遞給了南。南看了畫面半晌，望向茉莉：

「這是什麼？」

祐太郎從南那裡接過手機。是去年夏天的留言。

『那個有病的女生又幹了好事。全中運決賽的時候，小香從準決賽到決賽中間短暫的休息時間正在做心理準備，那個病女卻特地跑下場地去煩她。小香是個好人，所以有理她，可是那絕對是打擾人家嘛。小香好幾次做出看時間的動作，那個病女卻裝作沒看見。』

「有個叫吉住香的學姊。她在兩百公尺是冠軍候補，卻在起跑點失誤而落敗了。起跑的時候看起來像注意力散漫。這則留言好像想要指控就是唯害的。」

「事實上怎麼樣？」

「比賽結束後本人說，是和發令員不合拍。她說有時候很罕見地就是會遇到只能說是相剋的發令員。學姊完全不認為是唯害的。我覺得她絲毫不曾這麼想。」

「是去觀賽的某人任意編造的情節呢。」

「不是某人，就是海羽。」

「咦？」

「知道那個時候唯在決賽前採訪了香學姊的，除了她們兩人以外，就只有我和海羽。」

「不會有人看到妳們在採訪嗎？應該有人來加油吧？」

「我們是在賽場旁邊採訪，不會有人看到。再說，那個時候香學姊確實看了時鐘好幾次，但如果是遠遠地看到採訪的人，應該看不到這些細節。所以那則留言不是我就是海羽寫的。既然不是我，當然就是海羽。海羽有個大她一歲的哥哥，留言版的事，應該是聽她哥哥說的。」

「海羽為什麼要寫那種留言？」

「海羽討厭唯。唯是好人家的女兒，個性又好，總是陽光積極，讓海羽自慚形穢。海羽家很窮，父母離異，是單親家庭，個性又衝，沒有人要理她，會找她說話的大概就只有唯。唯對海羽來說太刺眼了。因為刺眼，所以厭惡。因為厭惡，反而想要親近。在我看來，她可笑的心態是一清二楚，唯卻沒有發現。唯人太好了。」

「唯知道這留言……」

「發現這個留言版時，也看到這則留言了。我當下說不是我寫的。唯笑說：我知道，當然不是妳，應該是哪個學長姊寫的吧。她的語氣很輕鬆，所以我以為她沒發現是誰寫的。我覺得如果唯知道是海羽寫的，一定會很受傷，所以也假裝沒發現。可是唯一定發現了。那個時候她一定就已經發現會寫這種東西、能寫出這種內容的就只有海羽了。唯會尋死，是因為遭到信任的朋友背叛。只因為這樣一則留言，唯就死掉了。是海羽害死唯的。」

祐太郎歸還手機。茉莉收下手機的手微微顫抖。

「海羽應該負責。」

「最好別這樣鑽牛角尖。」

祐太郎說，但茉莉看也不看他，咬住吸管。她捏扁手中的鋁箔包，喝光飲料。

「你們不瞭解唯。」

茉莉放開吸管說。

「唯真的是個很好的女生。唯絕對不應該死掉。」

茉莉離開護欄，用肩膀擠開似地穿過祐太郎和南的中間往前走。她停下腳步，俯視路邊的鋁箔包。祐太郎對她顫抖的背影出聲：

「海羽也這麼說。她說如果連唯都非死不可，這個世界沒有人能活下去。看在我的眼裡，海羽也和妳一樣失去了珍惜的人。」

「你們都被騙了。海羽很會撒謊。」

茉莉頭也不回地說，留下兩人走了出去。

「啊，喂！」

祐太郎叫住她，但茉莉沒有回頭。

「她沒事吧？」南說。

「應該不會突然跑去揍人吧。有時候說著說著會忍不住激動起來，但隨著時間過去，應該就會冷靜下來了。」

「我還是連絡一下海羽。」南拿著手機說。「也想問她一下留言版的事。」

「她沒有說出這件事，還是讓妳耿耿於懷？」

「是啊。總不可能是剛好忘了提。她一定是故意不提的。」

南用擴音打電話過去。海羽立刻接聽了。

南說出她們見到茉莉，也看到以前地下網站的留言版。提到關鍵的留言之前，海羽便嘆了一口氣：

『這樣啊，茉莉告訴妳們那件事了。』

「為什麼妳不肯告訴我們？」

南仍以「唯的朋友」的口吻說。

『因為留言版上有一則留言，寫了唯的壞話。內容只有我或是茉莉才寫得出來。因為不是我寫的，所以一定是茉莉寫的。我不想告訴妳這件事。』

「等一下，茉莉說那是妳寫的。」

『咦？喔，她這樣說啊？』

「會不會不是妳們兩個寫的，而是別人寫的？」

『不可能。那是茉莉故意寫得像是我寫的。』

「她為什麼要這麼做……？」

『妳見過她，應該明白為什麼吧？茉莉討厭我。她不想看到唯和我變得更要好。只因為小學是好朋友，家裡窮得要死的我到現在都還是唯的朋友，讓她看不順眼。我們是不同世界的人。茉莉沒有這樣說嗎？』

「沒有，她沒有說這種話。」

『可是她心裡面這樣想。茉莉就是這種人。唯也很清楚。』

「是嗎？」

『那不是我寫的。我因為不想被誤會，所以斬釘截鐵地向唯否認了。唯笑說她當然知道。如果不是我，那就是茉莉，唯一定也早就明白了。』

不是我寫的。對於這麼說的兩人，唯都笑說她明白。唯到底相信哪一邊？

「總之，妳最好和茉莉好好談一談。」

南這麼說，海羽笑了：

『既然唯不在了，茉莉怎麼看我，我根本不在乎。她要討厭我，就讓她去討厭吧。』

「唯會傷心的。如果她知道她一離開，妳們兩個就反目成仇的話……」

『死人不會傷心。』

「是這樣沒錯啦……」

『我會盡量遠離茉莉。』

這樣就行了吧？海羽丟下這句話，掛了電話。

「你覺得呢？」南把玩著手中的手機，疲倦地問。「兩個朋友都無法相信，所以唯尋短了。是這麼回事嗎？」

「我不知道。我覺得人才不會為了這種理由尋死，也覺得有時候這點小事就能逼死一個人。而且小唯還只是個國中生。」

說完後，祐太郎想起眼前的女孩也是國中生。

「小南才是，妳怎麼想？妳覺得這會是理由嗎？包括那整個留言版也行。」

南咬唇片刻，說：

「如果傷得那麼重，甚至想要尋死，我覺得那些憤怒、悲傷還是難過，應該會在某些地方顯露出來才對。但唯沒有對她們兩個表現出任何蛛絲馬跡。不光是這樣，你也看到校刊了吧？三月號。她報導了畢業典禮，還有對三年級畢業生的訪談。裡面看不到任何負面感情。」

「啊，說的沒錯。」

祐太郎回想起來，點了點頭。確實，那篇文章讓祐太郎讀了都想為陌生的畢業生的未來加油。

「再說，如果那則留言或留言版本身是讓唯自殺的理由，我有點無法想像唯委託刪除的資料會是什麼。」

「會不會小唯也把留言版備份下來，委託我們刪除？」

「甚至偷用父親的信用卡委託我們嗎？再說，她根本沒有理由把留言版備份下來。」

「說的也是呢。」祐太郎點點頭。

再說，唯的自殺與委託刪除的資料之間是否有關，也不清不楚。

「接下來要怎麼做？」

被南這麼一問，祐太郎正兀自沉思，這時手機接到來電。拿起手機一看，是圭司打來的。才剛連絡過而已，祐太郎有了不祥的預感。不出所料，是壞消息。

『快沒時間了。』

祐太郎一接電話，圭司便說。

「沒時間了？」祐太郎反問。

南驚訝地看祐太郎。祐太郎轉成擴音，調大音量。

『蕗田克也發現平常未使用的信用卡被定期扣款。他查了「dele. LIFE」的網站，不是連絡我們，而是連絡了合作的坂上法律事務所。舞剛才來問我狀況。我解釋之後，她交代我立刻退款，絕對不可以刪除資料。』

父親發現女兒對「dele. LIFE」的委託了。

「那麼，小唯的父母看到她要求刪除的資料了？」

『沒有。他們好像不知道密碼，還沒有看到內容。關於這一點，對方好像也追究我們的責任，但幫自己的電腦設密碼並不是什麼特別的事，那不關我們的事。我要舞這麼轉達。』

「如果不知道密碼，小唯的父母會怎麼做？」

『應該會找業者破解吧。』

「在資料被看到以前，還有多少時間？」

『要看業者應對的速度。或許要花幾天，或許幾十分鐘就破解了。你那邊怎麼樣了？』

「我們剛和你說的另一個朋友見面。」

祐太郎向圭司說明和茉莉的對話。

『關於委託的資料，沒有任何線索是吧？』

「啊……嗯。是呢。」祐太郎說。

「有沒有辦法再爭取一點時間？」南插口說。

『如果妳有什麼辦法，我可以試試，妳有辦法嗎？』

「我們回去學校，能打聽的人都打聽看看。像是校刊社的朋友、同班同學、校刊社的顧問老師。或是找出以前接受採訪的人問話……」

『妳不會是說認真的吧？』

被冷酷地這麼說，南支吾起來。

『妳們已經跟導師還有她最要好的兩個朋友談過了，不太可能再從其他人那裡打聽出更進一步的事。再說校方不可能容許可疑人士到處打聽自殺學生的事。萬一被發現，就算被報警也怨不得人。向其他教師打聽，這也絕對不可能。不會有人透露的。』

「沒有人聽到唯的話。」

『什麼？』

「別人口中的唯說的那些話，都是些不痛不癢的內容。其他的就只是微笑。就連對那些在背後說自己壞話的學長姊，在他們畢業的前一刻，唯也用最精彩的文字歡送了他們。這就是蕗田唯。資料那些怎麼樣已經不重要了，至少一句話就好，我想聽到唯真正的心聲。我認為她在死前，最起碼也應該留下了一句真正的心聲。或許那是在真的沒什麼的情況下，對真的沒什麼的對象說出來的話。但我覺得她真正的心聲一定留在了某處。」

南激動地說完，嘆了一口氣。她自己也很清楚，即使真的有，也無從找起吧。

『能做的都做了。』

以主司而言相當難得，是安慰的語氣。

「可是，我們什麼都沒查到。」

以南而言相當難得，是鬧彆扭的語氣。

『時間這麼倉促，能查到什麼才是奇蹟。』

圭司沉靜地說，南也無從反駁了。

「我們最後會去找小唯的父母。」祐太郎說。「就算要退款，最起碼也得說明一下小唯的委託吧？我覺得當面說明比較好。」

『嗯，是啊。』說完後，圭司停頓了一下。『不，我也一起去。』

「咦？」

『你們兩個去，再怎麼說也太可疑了。』

祐太郎看看自己的穿著，再看看旁邊的國中生，點了點頭。

「喔，唔，也是，嗯。」

『我會透過舞約時間，看看今天能不能見面。你們找個地方等我吧。』

「好。」

附近沒有可以打發時間的地方，祐太郎折回最近的車站。在咖啡廳裡坐了一陣子，圭司打電話來了。

『蕗田夫妻在家。』

「他們願意見我們嗎？」

『嗯。我說我可以讓他們看女兒的電腦內容，他們要我們立刻過去。我現在就出門。』

「好，我們等你。」

傍晚六點，兩人和搭電車過來的圭司會合了。圭司西裝筆挺，膝上放著一個稍大的肩揹包。他朝在站前迎接的兩人慰勞地點點頭，說「走吧」，推動輪椅扶手環。

走過即將日暮的馬路，回到公寓。在自動門前的門鈴按下蕗田家的號碼，立刻有男子聲音應對，打開自動門。「櫃台」沒有人。也許下班了，也許是出去巡視公寓周邊有沒有人又放了鮮花。

搭電梯上去七樓，經過走廊，按下蕗田家的門。玄關門迫不及待地打開來。開門的是一名中年男子。黑框眼鏡和照片一樣。在照片中往後梳攏的稀疏頭髮，現在卻蓬亂得滑稽。

「我是坂上，剛才打過電話。」

「我是蕗田克也，唯的父親。」

圭司似乎沒有告訴對方他坐輪椅。克也一臉僵硬地行禮。他看到背後的祐太郎和南，表情繃得更緊了。

「他們是事務所的員工。抱歉這麼多人上門打擾。」

「啊，不會。」克也勉強放鬆面部表情說。「請進吧。」

祐太郎用圭司帶來的套子包住輪椅輪胎，南也幫忙。克也注視的表情，狐疑的成分減少了一些。祐太郎和南看起來不像坐辦公室的員工，但如果當成協助圭司日常生活的助理，應該就可以接受吧。

室內的高低差不大，祐太郎只是從後方稍微一推，輪椅便順利入內了。在克也的帶領下，從走廊往深處前進。屋內一片寂靜。感覺是少了一個人而出現的闃寂。

走廊盡頭是客廳和餐廳廚房。客廳角落有個小籠子，照片裡的褐色小狗關在裡面。小狗沒有吠叫，應該是管教有方。小狗不停地甩著小尾巴，歡迎進來的人們，像是在看清楚誰願意陪牠玩耍。那嘴巴半張的可愛模樣，讓祐太郎忍不住微笑。

注意到動靜轉頭望去，坐在尺寸偏大的餐桌旁的婦人正站了起來。

「這是內子君代。」克也說。

照片上顯得慈祥的垂眼，現在卻疲憊不堪，眼窩深陷。加上那嬌小的身體，予人一種病懨懨的印象。表情平板，不知道是原本就這樣，還是因為失去女兒的關係。她身前的筆電應該是蕗田唯的。

祐太郎對行禮的她回禮，望向窗外。窗簾還沒有拉上。對面是一排外觀相近的公寓，因此雖然位於七樓的高度，視野仍十分狹隘。附近馬路的車尾燈和站前超市的燈光特別醒目。蕗田唯跳樓時，眼前這景色讓她有什麼感受？聽說時間是接近凌晨。是對面的公寓天空剛開始從左側泛白的時刻嗎？陽台的空氣應該還很冰冷吧。人與街道都尚未從睡夢中醒來。新的一天即將在一片寂靜中展開，她卻拒絕了它。

克也在太太旁邊坐下來，看向圭司，似乎不知道該如何請他坐下。看到那眼神，圭司看向祐太郎。祐太郎挪開一張椅子，圭司將輪椅推到那個位置。祐太郎在旁邊的椅子坐下來，南在兩人身後，坐在祐太郎挪到後方的椅子落坐。

「重新自我介紹，我是坂上圭司。」

圭司將名片放到桌上，推向兩人。克也拿起名片，夫妻一起看。這段期間，圭司從膝上的皮包取出平板，顯示「dele. LIFE」的網站，放到桌上，同樣推向兩人。兩人將筆電拉過去，看向網站。

「如同我在電話裡面的說明，令嬡委託我們刪除資料。原本我們的任務，是在不為人知的情況下，刪除委託的資料。但敝公司認為我們與未成年的令嬡之間的契約是無效的。我們會將從簽約至今的費用全數退還。今天我們過來，就是為了這件事。但是在那之前，我有個提議。」

看著平板的兩人抬起頭來。。

「可以請兩位重新與我們簽約嗎？」

「簽約？」克也反問。「這是什麼意思……」

「可以請兩位委託我們刪除令嬡的資料嗎？」

兩人似乎不懂圭司這話的意思，愣在那裡。接著太太困惑地看圭司，克也粗聲粗氣地說：

「太荒唐了，這怎麼可能？」

「沒辦法嗎？」

「我女兒自殺了。連遺書都沒有，整個莫名其妙。她要求刪除的資料或許可以看出她自殺的理由，你卻叫我不要看，直接把它刪除？」

「令嬡如此希望。」

「她還只是個孩子，還不到可以決定什麼事的年紀。你也是這麼認為，才認為契約是無效的吧？」

「沒錯。但另一方面，令嬡做出了決定，這也是事實。即使那是幼稚、欠缺思慮的決定，決定就是決定。令嬡決定不讓任何人看到某些資料。」

克也按捺不住地站了起來。

「我們是她爸媽！你把我們當成什麼了？」

圭司回視克也。克也聲音顫抖，繼續說下去：

「你以為一個嬰兒生下來，丟著自己就會長大？我們哄她、替她換尿布，盯緊她免得受傷，一發燒就跑醫院。讓她補習學才藝、上下學接送她。為了讓她長成一個感性豐富的孩子，我們帶她去聽演奏會、參觀展覽。像這樣全心全意，十四年來把她栽培長大。你到底把這些努力當成什麼了……」

「我並沒有輕視父母立場的意思。」

圭司淡然地說。

「但既然她是個孩子，小孩子不必為自己的決定負責。我身為無關的外人，也無法替她負責。所以才會請求身為父母的兩位負起這個責任。」

克也閉上了嘴巴，彷彿陷入混亂。太太替他開口了：

「唯決定要刪除那些資料。唯決定的事，我們替她負責。是這個意思嗎？或許我們有所不滿，但是叫我們吞下去？」

「沒錯。」圭司點點頭。「我就是這個意思。」

「太荒唐了。」

克也憤憤地說，重新在椅子上坐好，又說了一次：

「簡直太荒唐了。」

圭司看太太，就像在等待最後的結論。太太低頭片刻，抬起頭來，搖了搖頭說：

「還是讓我們看吧。即使唯不願意，我們也有知道的權利。」

「這樣。」

圭司點點頭。

夫人想要把桌上的筆電推向圭司，但圭司制止，從皮包裡取出土撥鼠。操作片刻後，立刻又闔上土撥鼠。

「這樣應該就可以不用密碼了。已經可以自由查看了。」

瞬間，夫妻倆像在互讓，但克也把手伸向筆電。他一臉緊張地打開電腦，操作觸控板。

「就是這個資料夾嗎？」

克也敲擊觸控板看圭司。

「這是什麼？」

他移動筆電角度，讓圭司也能看到螢幕。圭司瞥了一眼說：

「是影片檔呢。不是特殊的格式，應該可以直接播放。」

祐太郎也湊近圭司看螢幕。上面有約二十個檔案。

接下來應該沒有什麼非要圭司幫忙不可的部分了。祐太郎半直起身，拿起桌上的平板，交給圭司。圭司把平板和土撥鼠一起收進皮包裡。克也看圭司，像在等他告辭。但圭司回看克也，盯著筆電螢幕，就像在叫他「請播放」。

「圭，」祐太郎小聲說。「我們應該不用看吧……」

「委託人不願意任何人看到這些資料。我們沒能守住她的遺願。從工作上來看，這是無可奈何的事，但還是有道義上的責任吧？我想確認這份責任有多重。」

這話雖然是對著祐太郎說，但原本是祐太郎和南對圭司的說法。祐太郎知道圭司是在說給唯的父母聽。

「可是圭……」

祐太郎不知該如何反駁，把話嚥了回去。

「你們留在這裡沒關係。」

克也說，把筆電的角度移動得更大，讓圭司容易看清楚。圭司微微行禮，像在表示感謝。祐太郎把椅子靠向圭司，重新坐好。

「是從新到舊排列嗎？最舊的是去年底。四個月前嗎？」

「我們也是在那個時候接到委託。」圭司補充說。

「最近的……是自殺兩天前。」

克也敲擊觸控板，螢幕出現影片。縱長的畫面可以看出是用手機拍攝的。看到影片內容，祐太郎一陣落空。

『來，這是糖糖！糖糖今天也元氣十足！』

影片出現的是現在在籠子裡的褐色小狗。地點是浴室。手機固定在從斜上方俯視浴室的角度。蕗田唯穿著成套運動衣，挽起袖子和褲管，將小狗抱在懷裡，對著鏡頭微笑。

『糖糖現在要洗澡澡！』

對祐太郎來說，這影像讓他感到落空，但是對父母來說卻非如此。兩人目不轉睛地看著螢幕。太太的眼眶都溼了。

「我跟她說過，狗一個月洗一次就夠了。」克也說。「但唯每星期都要幫牠洗澡。」

太太對著克也微笑，就像在應和「就是啊」。

『好，那現在先來沖水。』

影片裡，唯拿著蓮蓬頭。轉動水龍頭，熱水嘩嘩噴出。

平凡無奇的影片。做為女兒的回憶，應該很有價值，但外人看了也沒有意義。祐太郎不想再繼續打擾一家三口的時光，戳戳圭司，催促他回去了。圭司應該意會了，卻沒有理會，只瞥了祐太郎一眼，目光又回到螢幕上。

『啊～對不起喔，糖糖，很燙嗎？』

背後，南的喉嚨微微「咕」了一聲。看得出父母的身體僵住了。

『可是沒事的。糖糖是堅強的小狗狗，要堅強！』

狹窄的浴室裡，小狗東奔西竄。蓮蓬頭噴出來的強勁熱水追趕著牠。畫面逐漸被水蒸氣覆蓋。

『才六十度而已，糖糖，要加油！』

狗已經跑出畫面以外了。也看不到唯的人影。

『要把髒東西全部洗乾淨才行呀！』

濃濃的水蒸氣中，傳出狗的淒厲慘叫和嘩嘩水聲。然後……

「砰！」的一聲，筆電闔起來了。但唯歡樂的高亢笑聲在祐太郎的耳底不停地迴響。

「這……」

克也的手按在筆電上，呻吟起來。

「妳早就知道了嗎？」

「我不知道。」太太嘴唇顫抖地回應。「可是我一點都不覺得驚訝，所以其實我早就知道了吧。」

「為什麼……為什麼？為什麼唯會做出這種事？」

太太搖搖晃晃地站起來，走向廚房。她在吧台另一側拿起杯子。

「不要這樣！」

克也說。祐太郎馬上就發現他在制止什麼了。蹲下身去，暫時消失在吧台後方的太太，再次站起來的時候，手中拿著褐色的瓶子。克也站起來，快步走到太太旁邊，但這時太太已經把瓶裡的液體倒進杯中了。

「不要這樣，難看死了！」

「不要管我！」

兩人爭奪杯子，推擠起來。但克也很快就放棄似地放手了。太太喝起潑出一半的杯中液體。啜了一口後，她挑釁地看克也，又拿起瓶子。似乎是料理酒的瓶子。

「都是你害的吧？都是你做出那種事……」

「我已經道歉過多少次了？妳也說妳原諒我了。」

「我是原諒你了。但唯可沒原諒你。」

克也的臉僵住了。

「妳告訴唯了？」

太太冷哼一聲。從瓶子倒出酒液，又一口氣喝光。

「是啊，我告訴她了。我告訴她了，所以怎樣？」

「妳要出氣，大可以找我。要生氣就衝著我來！為什麼要跟唯嚼舌根！」

「我可沒撒謊。我只是告訴她實話。你沒資格說我什麼。」

「就算是這樣，唯她還小……她怎麼可能接受這種事？」

「是不可能接受。不管長到多大，都不可能接受。既然如此，什麼時候告訴她都沒差吧？再說那影片，最早的影片是四個月前吧？如果四個月前就有一樣的影片，那跟我有沒有告訴她都無關。我是兩個月前告訴她的。唯就是對不關心家庭的父親絕望，才會做出這種事吧？」

「或許是吧。要不然就是受夠了用酒精逃避的母親，才會拿比自己弱小的寵物出氣。」

「唯不知道我喝酒。」

「她知道。我叫她盯著妳，免得妳躲起來偷喝。」

「你居然拜託女兒這種事！」

「如果妳一個人有辦法自制，我才不會拜託她。妳那是一種病。也需要唯的協助。」

「包括這些在內，全都是你害的吧？如果你沒做出那種事，我根本不會碰什麼酒。」

「咚」的一聲。回頭一看，南站了起來。站得太猛，椅子似乎翻倒了。

南瞪著兩人，聲音發顫：

「如果那隻狗從四個月前就被唯虐待的話，身上不可能沒有痕跡。只要好好留意，絕對會發現才對。信用卡也是，如果有在注意，應該早就發現唯的委託了。可是你們都沒發現。你們根本不肯去聆聽唯的聲音。所以才會失去她。」

克也看著南，眼神彷彿要撲咬上去，接著霍地撇開了頭。太太把杯子砸到牆上，猛槌流理台旁邊。小狗低聲哼唧，就像在擔心出了什麼事。

「你們……」

南還要說什麼，圭司制止她：

「別說了。」

南看圭司，然後看祐太郎。在這裡，外人已經無能為力了。祐太郎搖搖頭。

「我們告辭了。」

圭司說，挪動輪椅。祐太郎跟上去。南沒有動。祐太郎走到南的旁邊，扶起倒下的椅子。

「走吧。」

祐太郎抓住南的手臂催促，南跨出腳步。

克也和太太都依然不肯看他們。只有籠子裡的狗激烈地甩動尾巴目送祐太郎一行人。如果純粹遭受虐待，對人類應該不會是這種反應。祐太郎想起蕗田唯把這隻狗抱在懷裡，以臉頰磨蹭的照片，胸口一陣苦悶。

走出玄關，來到電梯廳時，南整個人蹲了下來。

「對不起，我不該說那種話。」

祐太郎一時無法答腔，圭司若無其事地說：

「都是一樣的。不管妳說什麼、沒說什麼，都不會有任何改變。所以沒必要反省。」

祐太郎按下下樓鍵。遠處傳來電梯動起來的聲音。

要把髒東西洗乾淨喔。

唯的聲音還殘留在耳底。

「唯是會聆聽的人。」南說。「因為她會聆聽，所以每個人都對她暢所欲言。唯一定已經……」

南帶著嘆息說。

「什麼都不想再聽到了。」

或許就是這麼回事吧。

電梯門開了。祐太郎耳底帶著唯的聲音，走進電梯裡。

回到事務所的時候，時間還不到八點。肚子餓了，但沒有食欲。圭司坐到辦公桌前，祐太郎在沙發坐下，這時南宣告說：

「唯的委託，我也要告訴山下海羽。」

「呃……咦？」祐太郎反問，看向圭司。

圭司也一臉訝異地看南。

「我還是不能丟下她們兩個不管。即使沒辦法立刻變成好朋友，我還是希望她們總有一天可以重修舊好，一起談論唯的回憶。」

「那不是我們的工作。」圭司說。「我們的工作已經結束了。」

「我知道。所以這是我的工作。」

南向圭司低頭行禮：

「謝謝你的照顧。我要恢復國中生的身分了。」

「這樣啊。」圭司點點頭。「但妳的老闆不是我。」

「說的也是。謝謝你的照顧。」

南轉向祐太郎行禮。

「呃……咦？」

「從明天開始，我要去上學。學校總不會拒絕我吧。」

祐太郎看向南，南意外地一臉清爽。

「喔，這樣。這樣啊。」

祐太郎望向圭司。原本歪頭避開螢幕看南的圭司已經把視線移回螢幕上了。但從祐太郎的角度，可以看到他在螢幕後面輕笑。

「啊……為了小南的未來，這樣應該比較好，不過總覺得有點寂寞欸。」

「我們要前進的方向應該一樣。」

「咦？方向？」

「在別人面前，人是傳遞自己這個資訊的有機裝置。還記得三目說過類似這樣的話嗎？」

「喔，記得。」

祐太郎覺得三目是個可悲的人。或許就是因為這樣，他覺得沒辦法徹底去憎恨三目這個人。

「當時你立刻否定了，但那個時候我覺得他說的理所當然。」

「理所當然。喔……這樣喔？」

「回來這裡的路上，我一直在想。如果我在唯的學校，是不是會有什麼改變？如果我在同一個班級的話，或是同樣在校刊社的話。不過，我想應該還是不會有任何改變。蕗田唯這個裝置，沒有發出任何訊號。所以即使我在她身邊，唯應該還是一樣會尋短。但如果是你在她的身邊，唯應該就不會死。因為你的話，不管唯怎麼想，你都會大步闖進她的心房。即使不知道密碼、就算網路通訊協定不對，你一定還是能和她相互溝通。」

一道哼笑聲響起，是圭司發出的。祐太郎用眼神問那聲笑是什麼意思，但圭司只是搖搖頭。

「所以我也要試試看。即使沒辦法像你這樣，也要在我應該隸屬的地方，張大眼睛和耳朵。為了證明我們並非只是有機裝置。」

「這樣啊。」祐太郎點點頭。「雖然覺得妳把我捧得太高了，但如果我能成為某些助力的話，嗯，那就太好了。」

「是的，謝謝你。」南點點頭。

祐太郎說要送她回家，但南婉拒了，走出事務所。臨去之際，她說「我會再來喔」，笑得臉皺成一團，讓人印象深刻。

「最後一刻，她總算露出像國中生的表情了。」圭司說。「的確，你完全就是暴力破解。」

「呃……咦？」

「你不理會密碼和通訊協定，直接闖進堂本南的內在，改變了她。」

「呃，我沒有這個意思啊。」

「毫無惡意的破解嗎？這是最惡質的。」

祐太郎心想既然圭司都這麼說了，也提出問題：

「欸，你真的不知道小唯的資料內容是什麼嗎？」

「什麼？」

為了執著這件事的南，圭司扭曲了自己的信念，看了委託刪除的資料，並判斷應該尊重唯不願意讓任何人看到的意志。但如果有誰應該看到資料，圭司認為那就是南。因為南的話，應該有辦法把唯最後的慘叫變換成正確的訊息吸收。

祐太郎想要確定這件事，但又打消了念頭。

「啊……不，算了，沒事。」他說。

即使真是如此，圭司也不可能承認。

祐太郎望向事務所角落的圓凳子和茶几。

「她就只待了那麼一下子，卻覺得寂寞呢。」

「事務所這麼小，三個人太擠了。」

圭司推動輪椅，離開辦公桌。

「倒是你不餓嗎？」

被這麼一問，祐太郎發現不知不覺間，饑餓和食欲連結在一起了。

「餓了餓了。」祐太郎說，從沙發站起來。「快餓死了。」

圭司走向門口。祐太郎搶先打開門，正要跟著圭司走出事務所時，背後傳來土撥鼠醒來的聲音。圭司掉轉輪椅。

「呃……不能當做沒聽到嗎？」

圭司默默抬頭瞪了祐太郎一眼。

「我想也是。」

祐太郎跟著圭司折回事務所。圭司在辦公桌坐下，打開土撥鼠。祐太郎站到桌子前面。

疼痛、悲傷、難過、溫柔、揪心、憤怒、喜悅。應該無法變換成任何事物的這些化成了數位資訊，現在傳送到兩人手中。

圭司查看過螢幕，從土撥鼠抬起頭來。

國家圖書館出版品預行編目資料

dele刪除 / 本多孝好作 ; 王華懋譯 . -- 初版 . --
臺北市 : 臺灣角川 , 2020.11
冊 ; 公分

譯自 : dele3
ISBN 978-986-524-049-3 (第3冊 : 平裝)

861.57 109012503

dele刪除 3

原著名＊dele3

作　　者＊本多孝好
譯　　者＊王華懋

2020年11月25日　初版第1刷發行

發 行 人＊岩崎剛人
總 編 輯＊呂慧君
主　　編＊李維莉
設計主編＊許景舜
印　　務＊李明修（主任）、張加恩（主任）、張凱棋

台灣角川

發 行 所＊台灣角川股份有限公司
地　　址＊105台北市光復北路11巷44號5樓
電　　話＊（02）2747-2433
傳　　真＊（02）2747-2558
網　　址＊http://www.kadokawa.com.tw
劃撥帳戶＊台灣角川股份有限公司
劃撥帳號＊19487412
法律顧問＊有澤法律事務所
製　　版＊尚騰印刷事業有限公司
I S B N＊978-986-524-049-3